www.tredition.de

AF178962

Bodo Uibel

# Stöbern unterm Dach

## Eine literarische Nachlese

www.tredition.de

© 2020 Bodo Uibel

Verlag und Druck: tredition GmbH, Halenreie 40-44, 22359 Hamburg
Lektorat: Renate Uibel, Dipl. Theol.
Umschlaggestaltung: Thomas Uibel, Dipl. Des. (FH)

ISBN
Paperback:    978-3-347-14130-8
Hardcover:    978-3-347-14131-5
e-Book:       978-3-347-14132-2

# Inhaltsverzeichnis

# Ein Wort zuvor

„Dachbodenfunde" hätte der Titel dieses Buches ebenso gut lauten können. Oder auch: „Überraschendes unter längst Vergessenem" – ein Wiederfinden dessen, was einstmals flüchtig notiert wurde.

Literarische Augenblickseindrücke sind es, aus einer bestimmten Situation heraus rasch niedergeschriebene Entwürfe, die – zunächst unredigiert und lange Zeit unbeachtet – in die Ablage gewandert sind.

Die Anlässe für solche flüchtigen Aufzeichnungen sind so mannigfaltig, wie uns das Leben selbst begegnet: eine konkrete politische Lage zum Beispiel, ein Schicksalsschlag oder eine ausgelassene Hochstimmung, die immer auch zu ‚höherem Blödsinn' verleiten kann.

Da lagen diese fußnotenähnlichen Aufzeichnungen jahrelang auf dem „Dachboden" – zeitgemäß: unter den Entwürfen auf der Festplatte meines PC. Dann schaffte ich mir einen neuen PC an. Und diesen Umstand betrachtete ich nun als Gelegenheit, alles Überflüssige zu löschen. Ich durchstöberte also meine Dokumente in der Annahme, viel Verstaubtes und Entbehrliches zu finden. Das traf auch zu. Dann aber war ich erstaunt, dass sich auf jenem „Dachboden" auch einiges Brauchbare befand, das einer Bearbeitung wert schien. So entstand eine Art Anthologie, eine „Blütenlese" unterschiedlichster Inhalte und Formen, die ich in drei Teilen zusammengefasst habe:

Im Teil I sind drei Kurzgeschichten versammelt.

Die erste hat ihren Sitz im Leben meiner Familie und basiert auf einem Schicksalsschlag.

Die zweite stellt den Versuch dar, meine Kenntnisse der Ideale der Freimaurerei im wahrsten Sinne des Wortes ‚begreiflich' zu machen.

Die dritte Geschichte resultiert aus meiner konkreten Erfahrung mit dem DDR-Regime. Hierzu merke ich allerdings an, dass ich diese nur *dem* Leser empfehlen kann, der hinter die inneren Triebkräfte einer über jede Kritik erhabenen ideologisch betonierten Staatsform und hinter die absurdesten – aber immerhin denkbaren – Konsequenzen des Handelns ihrer Führer kommen möchte. Der Entwurf hierzu ist entstanden, als ich noch in der DDR gelebt habe.

Teil II – ‚Gedichte' – hier habe ich im Wesentlichen solchen Gedanken eine Form verliehen, die für mich selbst von Bedeutung waren und die mich wiederkehrend beschäftigt haben.

Teil III – ‚Gedünnte' – folgt als Gegensatz dazu. Das sind, was dieser verunstaltete Begriff anzeigen soll, weitgehend anspruchslos daherkommende Reime, die ich wiederum nur *dem* Leser empfehle, der eine Ader für den Nonsens hat und dem Kokolores eine gewisse Daseinsberechtigung zubilligt. Diesem Leser einigen Spaß an diesem Teil.

Celle, im September 2020

# Der zweite Engel

## Ein Versuch zu trösten

Der Himmelssaal war bis auf den letzten Platz besetzt. Gott Vater hatte alle Schutzengel zu einer dringenden Dienstbesprechung gerufen. Jeder Engel, der irgendwie abkömmlich sei, habe zu erscheinen, so hieß es in der Einladung.

Pünktlich zur festgesetzten Zeit öffnete sich die Tür zum Allerheiligsten und herein trat Gott Vater mit tiefernstem Antlitz. Das vieltausendfache Gemurmel verstummte augenblicklich. Und als Gott Vater auf seinem Thron Platz genommen hatte, war es so still, dass man eine Feder aus einem Engelsflügel hätte zu Boden fallen hören.

Da hob Gott Vater seine Augen auf und sprach: „Meine lieben himmlischen Helfer. Ihr wisst, wenn ich selbst hier vor euch erscheine, dann liegt immer etwas Besonderes vor. So ist es auch heute." Gott Vater machte eine kurze Pause. Dann fuhr er fort:

„Nun hört, worum es geht: Kaum jemand von euch wird den kleinen und unbedeutenden Planeten Erde in einem der vielen Sonnensysteme am Rande der Galaxis 2806 kennen. Doch ihr wisst, dass mir nichts zu unbedeutend ist, als dass ich mich nicht selbst darum kümmere. In einem noch unbedeutenderen Lande dieses Planeten wird morgen ein Knabe zur

Welt kommen, der mich und einen von euch gehörig beschäftigen wird. Denn er wird ein äußerst komplizierter Mensch werden: Er wird sehr begabt sein, und doch wird er stets an sich zweifeln. Er wird viele Menschen – auch in anderen Ländern – kennenlernen, doch er wird immer das Gefühl haben, einsam zu sein. Er wird sein Gerechtigkeitsgefühl derart übersteigern, dass er schon wieder ungerecht gegenüber anderen Menschen werden kann. Doch dies alles betrifft nicht eure Zuständigkeit als Schutzengel. Ich sage das nur, damit ihr erkennt, mit wem wir es zu tun haben werden."

Wieder unterbrach Gott Vater seine Rede und sein Blick schweifte in die Ferne, genau in die Richtung, in der die winzige Erde um ihre Sonne kreiste. „Meine lieben Schutzengel" fuhr er fort, „ich habe euch zusammengerufen, weil ich voraussehe, dass dieser neue Mensch vom Aufgang der Sonne bis zu ihrem Niedergang und vom Einbruch der Nacht bis zum Erscheinen der Morgenröte bewacht und beschützt werden muss. Denn er wird ein unruhiger Mensch sein. Seine Gedanken über sich selbst werden ihn eher niederdrücken als aufbauen. Aber ebenso gnadenlos werden seine Analysen anderer Menschen ausfallen, und sein Nachdenken über die Welt wird ihn zum Pessimisten werden lassen. Und das alles nur, weil er sich und andere Menschen ausschließlich an den höchsten Maßstäben von Vernunft und Sitte zu messen bereit sein wird. Die Begierden seiner

Seele und die Schwachheit seines Leibes wird er zwar zur Kenntnis nehmen, aber er wird sie – auf seine Vernunft setzend – nicht wahrhaben wollen und schließlich verachten. Und genau das wird zu seinem größten Lebensrisiko werden."

Gott Vater holte tief Atem und kam nun auf den Punkt: „Ich brauche also ab morgen einen Schutzengel, der bereit ist, viele Überstunden zu machen, und der die riesige Entfernung bis zur Erde hunderte Male zurückzulegen in der Lage ist, um rasch und beherzt eingreifen zu können. Mit einem Wort: Ich brauche einen Helfer, der – wie es die Menschen auf der Erde ausdrücken – rund um die Uhr zur Verfügung steht."

Wieder hielt Gott Vater inne, um seinen Worten die richtige Wirkung zu geben. Eine ungeheure Spannung lag über dem Himmelssaal. Einige Engel rückten unruhig auf ihren Stühlen hin und her. Manche räusperten sich verlegen. Wieder andere duckten sich ab wie einst in ihrer Lehrzeit, als sie von ihrem ausbildenden Engel nicht gesehen werden wollten. Niemand sprach es aus, aber fast alle dachten: ‚Hoffentlich fällt die Wahl nicht auf mich!'

Da sprach Gott Vater: „Für diese schwere Aufgabe will ich vorerst niemanden bestimmen. Ich suche vielmehr einen Freiwilligen mit großer Erfahrung, bester Kondition und einem Herzen, das auch dann nicht den Mut verliert, wenn es spürt, dass unser

Freund auch aus den gefährlichsten Situationen nichts oder nur wenig gelernt hat. Erst wenn sich niemand findet, werde ich einen von euch bestimmen."

Gott Vater blickte regungslos in den Himmelssaal hinein und wartete geduldig. Er kannte schließlich seine Engel und wusste, dass auch sie mit sich zu kämpfen haben, bevor sie sich für die Übernahme einer so schweren Aufgabe entscheiden können.

Die Sekunden schienen sich zu Minuten zu dehnen. Gott Vater harrte ruhig auf seinem Thron aus und schien alle Zeit des Himmels zu haben. Die Spannung stieg auf den Höhepunkt.

Da meldete sich aus der letzten Reihe ein kleiner, etwas untersetzter, aber intelligent aussehender Engel und sprach: „Himmlischer Vater, wenn Du mich für würdig erachtest, will ich es tun."


Alle Augen richteten sich voller Bewunderung und zugleich Erleichterung auf den kleinen Engel, und Gott Vater sprach: „Ich danke dir für deinen Mut! Aber sage mir zuerst, welche Erfahrungen du als Schutzengel bislang gesammelt hast."

Und der kleine Engel begann: „Himmlischer Vater, ich diene im Amt 2806, Referat 407, das ist das Referat „Erde", seit mehr als drei Jahrtausenden. Ich war Schutzengel so bekannter Menschen wie des Königs

David und der Esther, des Sokrates, Lao Tse und Paganini, eines Konrad Adenauer und Charlie Chaplin."

„Fürwahr, eine illustre Gesellschaft! Aber mit den beiden letzten Männern waren dir zwei Menschen zu gleicher Zeit anvertraut. Wie hast du das geschafft?"

„Ja, himmlischer Vater. Das war damals gut zu schaffen, denn beide waren kluge und zugleich vorsichtige Männer."

„Das ist wahr", bestätigte Gott Vater. „Doch Sokrates und Paganini! Warst du denn nicht bereits mit einem der beiden überfordert?"

Der kleine Engel überlegte kurz, wie er dieser leichten Skepsis des Allerhöchsten am besten begegnen könnte. Dann entgegnete er mit fester Stimme: „Du gibst, himmlischer Vater, jedem Menschen sein charakteristisches Wesen und seinen eigenen Willen. Philosophen und Künstler nutzen beides intensiver als andere Menschen – der Philosoph sehr sorgfältig, der Künstler zumeist leidenschaftlich. Beide aber sind sich der Konsequenzen durchaus bewusst und nehmen die Ergebnisse ihres Handelns in Kauf – gefasst wie Sokrates oder tollkühn wie Paganini. Letztlich kommt auch der beste Schutzengel nicht gegen solche Extreme an."

„Auch das ist wahr!" Gott Vater musste trotz der angespannten Situation innerlich ein wenig darüber schmunzeln, wie der kleine Engel den Ball an ihn zurückgespielt hatte. „Ich sehe, dass du meinen

Schöpfungswillen und die Menschen, die ich erschaffen habe, verstanden hast. Du sollst nun den, der in wenigen Stunden seinen ersten Atemzug tun wird, unter deine Fittiche nehmen. Ich nenne dir noch den Namen, den ihm seine Eltern geben werden: Er wird Matthias heißen. Sie, seine Geschwister und Freunde, werden ihn Matze nennen. Leite ihn, aber entmündige ihn nicht. Belehre ihn, aber entwerte nicht seine eigenen Gedanken. Halte ihn fest, aber enge ihn nicht unnötig ein. Und nun mache dich auf und erfülle deine Pflicht."

Mit diesen Worten beschloss Gott Vater die Versammlung – froh, den richtigen Schutzengel gefunden zu haben.


Die Jahre vergingen. Matze wuchs auf im Schoße der Familie. Bald stellten auch die Mutter und der Vater fest, was Gott Vater von Beginn an wusste, und die Sorge um ihren Sohn wuchs mit der Zahl seiner Lebensjahre. Solange Matze noch im Elternhaus lebte, konnten beide – wie es ihre Elternpflicht gebot – dem Schutzengel hilfreich zur Seite stehen. Doch je älter Matze wurde und je weiter sich sein Lebensmittelpunkt vom Elternhaus entfernte, desto mehr Arbeit fiel ihm, dem kleinen Engel, allein zu. Auch er spürte, dass seine Arbeit immer schwieriger wurde und immer mehr Kraft erforderte. Aber der kleine Engel war klug und geschickt, so dass er alle heiklen Situationen entschärfen konnte.

Eines Tages klopfte es an die Tür des himmlischen Lageraumes, von dem aus die Schutzengel ihre Schützlinge beobachten. Herein trat ein Engel von der himmlischen Post und rief: „Ein Brief von Gott Vater persönlich an den Matze-Schutzengel! Wo sitzt der?"

„Hier!", meldete sich der kleine Engel. „Was ist los?"

„He! Was hast du angestellt, dass dir Gott Vater persönlich schreibt?", fragte der himmlische Postbote und überreichte dem kleinen Engel einen versiegelten Umschlag.

„Nichts habe ich angestellt! Natürlich nichts!", antwortete er, freilich ohne recht von seiner Antwort überzeugt zu sein.

Der kleine Engel riss den Brief auf und sprach halblaut mit, was er las: „Der Schutzengel von Matthias hat sich am 1. August 1993 früh um 9:00 Uhr nach Erdzeitrechnung bei mir zur Berichterstattung einzufinden. Gott Vater."

Puhh! Dem kleinen Engel rutschte das Herz in die Hose. Glücklicherweise hatte er genau Buch geführt und alles niedergeschrieben, was er mit seinem Schützling erlebt und in welchen Situationen er eingegriffen hatte.

So nahm der kleine Engel an dem betreffenden Tage seine Notizen unter den Arm und betrat das Vorzimmer seines Chefs. Sein persönlicher Referent – ein kräftiger und Respekt einflößender Engel – meldete den kleinen Engel bei Gott Vater an und wies ihn an einzutreten.

Der Allerhöchste empfing ihn mit den Worten: „Nun, mein lieber Helfer, sehen wir uns nach einem Vierteljahrhundert menschlicher Zeitrechnung wieder! Dies ist der rechte Augenblick zu hören, was du in diesen Jahren zu tun hattest. Doch was ist das? In deinen sonst so schneeweißen Flügeln sehe ich graue Federn! Was ist geschehen?"

„O!", schluchzte der kleine Engel und strich sich verlegen über das Gesicht: „Matze, mein Matze macht mir viel zu schaffen. Ich kann sein kompliziertes Wesen auch nach 25 Jahren noch immer nicht völlig verstehen. So ein hoffnungsvoller Junge – und macht mir so viel Kummer, dass ich graue Federn kriege!" Und dann erzählte der kleine Engel von Matzes waghalsigen Radfahrten durch den dicksten Straßenverkehr, den vielen Stürzen, von denen einer beinahe einen steilen Abhang hinuntergeführt hätte. „Das hätte seinen Tod bedeuten können", betonte der kleine Engel. „Ich konnte es gerade eben noch verhindern." Er berichtete von den Autounfällen, an denen er meistens selbst schuld war, von den vorsätzlichen Verkehrsübertretungen, dem absichtlichen Fahren mit dem Fahrrad in die Gegenrichtung von Einbahnstraßen, auf Fußgängerbrücken, in Fußgängerzonen und den polizeilichen Strafen für ein derartiges Verhalten. „Aber er lernte nicht viel daraus!", beklagte der kleine Engel. ‚Er füge ja', so meint mein Matze,

‚damit niemandem einen Schaden zu.' Die kleinen Dinge, himmlischer Vater, will ich gar nicht aufzählen, ich müsste denn bis heute Abend berichten. Hier sieh", und der kleine Engel hielt Gott Vater seinen Notizblock entgegen. „Er ist schon fast voll!"

Einen Augenblick lang blieb es still. Dann sprach der Allerhöchste: „Ich habe es gewusst, kleiner Engel. Ich habe alles vorher gewusst! Denn ich gab deinem Matze dasjenige Wesen, aus dem Großes erwachsen kann, aber das zugleich ein Übermaß an Risiken in sich birgt. Matze ist mit seinen 25 Jahren noch nicht am Ende seiner Selbstfindung. Sein Verstand arbeitet präzise. Doch er versteht es noch nicht, ihn in eine rechte Beziehung zu seiner ganzen Person zu setzen. Er ignoriert noch immer die Grenzen seiner körperlichen und seelischen Kräfte. Vor diesem Hintergrund, mein lieber kleiner Engel, hast du deine Sache sehr gut gemacht. Ich bin stolz auf dich. Jetzt aber steht ein neues Kapitel deiner Arbeit bevor: Dein Matze wird in das für Erdenverhältnisse große Land Amerika gehen. Er will dort etwas ganz Neues beginnen, als Austauschstudent frei sich entfalten und richtig fröhlich leben. Kurz: Er möchte ein neuer Mensch werden. Und wenn es ihm gelingt, dann wäre mein Wille erfüllt. Ich wünsche es ihm so sehr! Doch dieser Prozess wird für dich sehr aufreibend sein. Denn das Streben nach Freiheit, das Suchen nach dem Sinn des Lebens und das Stillen des Erlebnishungers haben eine gemeinsame Schwester, und die heißt: Gefahr!

Bist du nach dieser Ankündigung noch immer bereit?"

„Herr, du machst mir Angst. Was erwartet mich da?", fragte der kleine Engel.

Und Gott Vater antwortete: „Mein lieber kleiner Engel, das weiß ich im Einzelnen auch nicht. Ich gebe den Menschen nur das Wesen, bestimme aber nicht jede einzelne Handlung, die sich daraus ergeben kann. Denn alles, was auf Erden geschieht, gleicht einem Regentropfen, der wohl rein und klar vom Himmel fällt. Wenn er aber auf die Erde trifft, mischt er sich mit Staub und nimmt des Staubes Art an. So kommt es, dass nichts auf Erden dem Himmel und nichts, was ich geschaffen habe, dem Schöpfer gleicht. Denn wäre es anders, würde dem Menschen nichts mehr auf seiner kleinen Erde fehlen. Er hielte sich selbst für Gott. So aber, wie ich es gemacht habe, bleibt er bei all seiner Klugheit ein irdisches Wesen. Doch ich gab ihm genau damit die Chance zu erkennen, was er ist: ein endlicher Mensch mit der Sehnsucht nach Vollkommenheit."


Wieder trat eine kurze Pause ein. Dann fragte der Allmächtige: „Willst du noch immer?"

Und der kleine Engel sagte tapfer: „Ja!"

Da erhob sich Gott Vater, reichte seinem mutigen Helfer die Hand und verabschiedete ihn mit dem aufmunternden Wort: „Dann flieg zu und tue deine Pflicht!"

Und der kleine Engel tat seine Pflicht so, wie er sie übernommen hatte.

Sieben Monate vergingen, und der kleine Engel hatte wirklich viel zu tun in Amerika und sogar in Mexiko. Mehr als einmal musste er hart zugreifen. Doch jedes Mal schaffte er es wieder – bis auf das eine Mal, das letzte Mal.

Am frühen Nachmittag des 18. März 1994 nach menschlicher Zeitrechnung läutete das Telefon im Vorzimmer des Allerhöchsten. Der Engel Sekretär nahm den Hörer ab. Eine schluchzende Stimme bat darum, möglichst sofort bei Gott Vater vorgelassen zu werden. Es sei etwas Schreckliches geschehen.

Der Engel Sekretär erkannte die Stimme des kleinen Engels. Und weil er von dessen schwieriger Aufgabe wusste, ahnte er auch, worum es ging. Deshalb bat er den kleinen Engel, doch gleich zu ihm ins Vorzimmer des Allerhöchsten zu kommen. Er werde zusehen, ob er seinen Besuch noch irgendwie einschieben könne.

Der kleine Engel musste nicht lange warten, da wurde er hereingerufen. Gott Vater kam auf ihn zu, nahm ihn in seine Arme und fragte ohne vorwurfsvollen Unterton: „Wie konnte das geschehen?"

Dieses Mal brauchte der kleine Engel seine Aufzeichnungen nicht mitzunehmen. Er hatte alle Ereignisse der letzten sieben Monate im Kopf.

„Himmlischer Vater", begann er. „Ich kann zu meiner Entschuldigung nichts vorbringen. Ich hatte meinen Matze im Laufe der Zeit so lieb gewonnen, dass ich mir vornahm, ihn wirklich niemals aus den Augen zu lassen. Dies umso mehr, als mir deine Warnung vor seinem Abflug nach Amerika ständig in den Ohren lag. So war ich stets an seiner Seite: bei seinen nächtlichen Wanderungen durch die großen fremden Städte, im Hörsaal und dem Forschungslabor der Universität, bei seinen Ausflügen in die Berge und während der Autofahrt mit drei Kommilitonen nach Mexiko. Schon auf der Rückfahrt von Mexiko hat er mich arg auf die Probe gestellt: Ich bemerkte, dass seine Umsicht beim Autofahren sehr zu wünschen übrigließ. Er war sehr unkonzentriert. Die vier Freunde hatten zwar alle wenig geschlafen. Aber Matze saß zudem noch die längste Zeit am Steuer. Sein Wille, die Müdigkeit zu unterdrücken, kam mir unheimlich vor, denn ich spürte selbst, wie schwer es war, beim Aufpassen wach zu bleiben. Doch ich nahm alle meine Kräfte zusammen und habe es geschafft über all die Tage hin. Wie notwendig das war, zeigte sich nicht nur einmal. Und eine todesgefährliche Situation – einen Sekundenschlaf – konnte ich nur unter riesiger Anstrengung und im letzten Augenblick abwenden. Zum Glück konnte ich die vier Freunde unversehrt wieder nach Amerika bringen.

Seitdem habe ich immer besondere Ängste ausgestanden, wenn mein Matze in sein Auto stieg. Und als ich feststellen musste, dass er wieder einmal eine lange Tour mit einem Freund plante, bereitete ich mich umso gründlicher vor. Ich habe mehr Sport getrieben als üblich, um mich fit zu halten. Ich habe jede freie Minute genutzt, um zu schlafen und Kräfte zu speichern. Ich habe mich in der himmlischen Apotheke mit Stärkungsmitteln versorgt. Und ich bin die geplante Strecke mehrmals abgeflogen, um die gefährlichsten Stellen zu entdecken und mir einzuprägen. Damit glaubte ich, gut vorbereitet zu sein.

Und dann trat Matze mit einem Kommilitonen eine Reise nach Las Vegas an. Das liegt für menschliche Verhältnisse sehr weit weg, ca. 2.000 Kilometer oder 1.250 Meilen. Matze hatte wenig geschlafen und war gestresst, weil er zuvor noch im Labor gearbeitet hatte. Keine guten Voraussetzungen. Ich war sehr besorgt. Zunächst ging alles noch recht gut. Die Freunde wechselten sich am Steuer ab. Sie hielten darüber hinaus nur an, wenn sie tanken mussten. Erst bei Sonnenuntergang machten sie Rast und aßen ausgiebig. Dann ging es weiter. Ich folgte in gehörigem Seitenabstand.

Gegen Mitternacht spürte ich in mir eine gewisse Müdigkeit heraufziehen. Ich schaute Matze genauer an, weil ich vermutete, dass er noch müder sein müsste als ich. Doch er fuhr immer noch recht sicher. Wenig später jedoch bemerkte ich bei ihm einige typische Reaktionen des schon einmal erlebten Sekundenschlafs. Ich flog näher heran und beobachtete ihn noch genauer. Ich hatte seine Reaktionen richtig interpretiert! In der nächsten Sekunde hatte er sich wieder gefangen. Sein Freund schlief. Am liebsten hätte ich ihn geweckt. Ich hätte es gern gesehen, wenn sich beide unterhalten würden. Dann, gegen 3:00 Uhr nachts, sah ich, wie Matzes Augen plötzlich zufielen. ‚O je!', dachte ich. ‚Matze, halt an! Mach eine Pause!' Da wachte er mit einem leichten Rucken des Kopfes wieder auf. Sein Wille, gegen die Übermüdung anzukämpfen und weiterzufahren, war derart unvernünftig, dass ich versuchte, seine Vernunft zu aktivieren. Es gelang. Er hielt an, weckte seinen Freund und bat ihn: ‚Fahr du weiter! Ich kann nicht mehr!'

Kaum hatte Matze seine Bitte vorgetragen, empfand er sie schon wieder als Schwäche, als ob er sich blamiert fühlte vor seinem Freund. Ich aber war erleichtert. ‚Geschafft!', sagte ich mir.

Bei Sonnenaufgang frühstückten beide abseits der Straße, alberten wie Kinder herum, fotografierten und fühlten sich zum Weiterfahren stark genug. Ich hingegen fühlte mich elend, zumal mein Matze nun wieder auf dem Fahrersitz Platz nahm und prompt zu schnell fuhr. Die Polizei erwischte ihn und knöpfte ihm 50 Dollar ab. Ärgerlich fuhr er weiter – und wieder zu schnell. Kurze Zeit später machten sie Rast, überprüften ihre Fahrzeit und stellten fest, dass sie gut lagen, so gut, dass sie sich noch einen Abstecher zum Brice-Canyon leisten konnten. Bis dorthin fuhr wieder sein Freund.

Es war kühl auf der Höhe des Brice-Canyon. Noch lag Schnee dort oben. Die beiden genossen den Anblick der Felsen mit ihren bizarren Formen, Säulen und Türmchen, bewarfen sich mit Schneebällen, fotografierten. Dann fuhren sie weiter – Matze am Steuer, sein Freund auf dem Beifahrersitz. Ich war verzweifelt. Wie konnte mein Matze nur glauben, er sei wieder frisch? Die kühle Luft dort in der Höhe des Canyon hatte ihn getäuscht.

Kaum waren sie gestartet, da war sein Freund auch schon eingeschlafen. Die Sonne schien kräftig, und die Hitze nahm zu mit jeder Meile, die sie hinab fuhren. An einer Kreuzung weckte Matze den Schläfer und ließ sich die Richtung ansagen, in die sie einbiegen mussten. Ich atmete durch, weil ich dachte, er würde sich nun auch am Steuer ablösen lassen. Ich versuchte erneut, seine Vernunft zu aktivieren. Doch diesmal waren meine Anstrengungen umsonst. Himmlischer Vater, du kannst dir nicht vorstellen, mit welcher geistigen Gegenkraft er meine Aktivierungsversuche abgewehrt hat. Wieder einmal handelte er gegen alle Vernunft, obwohl er genau spürte, dass seine Augen immer wieder zufielen. Ich sage offen: Auch ich hätte längst eine Pause gebraucht, musste mich aber Matzes Unvernunft fügen. Und dann hörte ich nur noch den Ausruf ‚O shit!' – entschuldige, himmlischer Vater, aber so schrie er. Ein fürchterlicher Knall folgte. Er war mit einem anderen Auto kollidiert. Himmlischer Vater," – der kleine Engel war am Ende seiner Fassung – „himmlischer Vater, ich befand mich im Gleitflug und hatte nur einen Augenblick die Augen zugetan, um ein wenig neue Kraft zu schöpfen. Ich habe … ich …" Die Stimme des kleinen Engels versagte. Er konnte nur noch weinen – jetzt, wo alles heraus war – nur noch weinen.

Lange blieb es still. Dann legte Gott Vater seine Hand auf das Haupt des kleinen Engels und sprach: „Mein kleiner fleißiger Engel. Du hast alles getan, was deine Kräfte erlaubt haben. Und das war mehr, als die meisten anderen Engel hätten ausrichten können. Wer weiß, vielleicht wäre das Schreckliche noch viel früher eingetreten, wenn du dir nicht so viel Mühe gegeben hättest in den 26 Jahren des Wachdienstes für deinen Matze. So ist das mit meinem Geschöpf ‚Mensch'. Ich habe ihn als ein freies Wesen bestimmt. Und deshalb ist er auch verantwortlich für sein Tun. Dass Engel um ihn sind, ist meine Zugabe an ihn. Denn er soll nicht an jeder kleinen Dummheit gleich zugrunde gehen. Ich möchte, dass er lernt, wenn er etwas falsch gemacht hat. Und es gelingt euch, meinen Helfern Engel, sehr oft. Aber es gibt Fälle, in denen eure Hilfe einfach ignoriert wird, so, als ob sie der Mensch gar nicht haben will. Dann muss geschehen, was in diesem Fall geschehen ist. Die Freiheit hat eben auch ihren Preis!"

Gott Vater schaute dem kleinen Engel liebevoll in die Augen und fuhr dann fort: „Du hast keine Schuld an diesem Unglück. Ich sehe, wie traurig du bist, kleiner Engel. Ich verstehe deinen Schmerz. Doch ich sage dir: Aller Kummer kann gemildert werden durch Tätigsein. Ich gebe dir also eine Anschlussarbeit. Denn Arbeit zieht alles Traurige an sich, wie ein Magnet die Eisenspäne. Flieg deshalb für einige Wochen zu Matzes Eltern und Geschwistern und tröste sie. Ihnen Trost aus vollem Herzen zu spenden, wird auch für dich wie eine wundersame Medizin sein. Und wenn du dann zurückgekommen sein wirst, will ich dir eine besondere Freude für deinen unermüdlichen Einsatz bereiten."

Und so flog der kleine Schutzengel noch einmal zurück auf die Erde und umhegte die trauernde Familie – von ihr unbemerkt und doch wirksam mit allen Kräften aus der Höhe. Er tat es noch viele Tage, bis er die Gewissheit hatte, dass sie hinreichend zugerüstet sei, fortan mit ihrer Trauer gestärkt umgehen zu können.

Als der kleine Engel wieder zu Hause angekommen war, lag da auf seinem Schreibtisch eine Einladung. Gott Vater wollte ihn umgehend sehen und ihn sprechen.

Gleich machte er sich auf und wurde sofort vorgelassen.

„Mein lieber Helfer in der Not!", empfing ihn Gott Vater. „Noch einmal danke ich dir für die Art und Weise, wie du deine himmlische Pflicht wahrgenommen hast. Du hast es sogar noch intensiver getan, als es meine Dienstanweisung an euch Engel vorsieht. Deshalb mache ich dir nun eine – wie ich hoffe – große Freude: Ich werde deinen Freund Matze zum Schutzengel erheben, und du sollst für immer mit ihm verbunden sein. Geh nun also in den Saal der Erden-Menschen. Dort wirst du deinen Matze wiedersehen. Noch sitzt er etwas abseits, wie oftmals in seinem Leben auf der Erde – so, als wenn er jetzt noch glaubte, nicht ganz dazu zu gehören. Gib dich ihm zu erkennen als den, der du für ihn warst. Dann zeige ihm die ganze himmlische Herrlichkeit und werdet Freunde in Ewigkeit. Und wenn wir eines Tages wieder einen solchen schweren Fall zu lösen haben, dann werde ich euch beide dafür bestimmen. Zu zweit werdet ihr dann ausfliegen, und gemeinsam werdet ihr das Unglück abwenden mit der Kraft, die ich euch geben werde. Ist es gut so?", fragte Gott Vater.

Da antwortete der kleine Engel etwas beschämt und doch entschlossen: „Ja, mit großer Freude!" Und seine Traurigkeit war für immer verflogen.

„Dann ist alles gut!", sprach Gott Vater. Und seine Gedanken eilten der Zeit voraus – dahin, wo er die Beiden zu dem nächsten schwierigen Einsatz senden wollte.

# Pharmakon Athanasias

## Die Arznei der Unsterblichkeit

Vor Zeiten lebte ein Bauer, dem konnte nichts und niemand etwas anhaben. Seine Schlauheit, seine Geschäftigkeit und sein Reichtum waren im ganzen Land bekannt. Keiner käme ihm gleich, dachte er von sich selbst. Geriet der Nachbar in Not, so wusste er: ‚Dies liegt allein an seiner eigenen Dummheit.' Stöhnte der alternde Knecht über seine schwindenden Kräfte, so höhnte er: „Wer nur seine Muskeln zu gebrauchen weiß, gehört bald zum alten Eisen." War er mit der Arbeit seiner Magd unzufrieden, so fuhr er sie an: „Etwas Ansehnliches hast Du zeitlebens nicht zustande gebracht."

Nur in den Novembertagen, wenn die Kälte in die gute Stube zu kriechen begann, Stürme die verdorrten Bäume im Walde entwurzelten und die Menschen im Dorf ihre Gräber für den Winter herrichteten, dachte er an seinen eigenen Herbst, und es ergriff ihn Schwermut.

Da aber niemand seine Ängste sehen sollte, verkroch er sich in seine Kammer und fluchte: „Zum Teufel, dass mich jeder Herbst zum Narren macht! Wer bin ich denn, dass ich des Todes gedenken muss? Wo ist die Medizin, die dieses Leiden lindern kann?"

An einem solchen Tage beschloss der Bauer, auf Reisen zu gehen. ‚Ich will doch sehen, ob ich in der Fremde meinem Gram ein Ende setzen kann‘, sprach er zu sich selbst. ‚Güter will ich in Fülle erwerben. Reichtum ist's, der glücklich macht. Denn was hilft gegen Trübsal besser als die Aussicht, dem gefüllten Säckel ein zweites hinzuzufügen? Zu unvergleichlichem Ansehen in fremden Ländern will ich es bringen. Denn was erhebt die Sinne mehr als die tiefen Verbeugungen derer, die am Straßenrand stehen, wenn ich auf meinem Rappen des Weges komme?‘

So dachte der reiche Bauer und rief seinen Sohn, der sein Ein und Alles war, zu sich und sprach: „Ich gehe auf Reisen, um mein Glück vollkommen zu machen. Bleibe du hier und führe mein Haus so, wie wenn ich selbst es täte. Nur diesen Rat gebe ich dir: Bei allem, was du tust, schau immer auf den Ertrag, den Deine Bemühungen einbringen sollen. Denn nichts ist wichtiger als ein vollkommener Gewinn."

Der Sohn versprach, dem Rat des Vaters zu folgen.

Als dieser gehört, was er zu hören gewünscht hatte, packte er seine Sachen, bestieg sein Pferd und ritt davon.

Indes mühte sich der Sohn tagaus tagein, der Anweisung seines Vaters, wie er sie verstanden hatte, nachzukommen: Als er hörte, dass das Pferd des

Nachbarn durchgegangen war, schwang er sich auf das seine und ritt aus, es zu suchen. Frühmorgens stand er auf, ging in den Stall und machte sich an die Arbeit, noch ehe der Knecht es sich versah. Der Magd redete er gut zu, auch wenn ihre Arbeit nicht so gelungen war, wie er es hätte erwarten dürfen.

Darüber wunderten sich die Leute im Dorf sehr, steckten die Köpfe zusammen und fragten sich, ob der Bauer wohl mit seinem Sohn zufrieden sein würde, wenn er wiederkäme. Einige meinten sogar, der Bauer solle gar nicht erst zurückkommen, denn mit seinem Sohn sei besser Kirschen essen als mit dem Alten.

So ging das drei Jahre lang, und die Leute begannen, dem Sohn in allen Stücken nachzueifern. Und sie merkten, wie gut es ihnen tat.

Im dritten Jahr zur Erntezeit geschah es, dass der Sohn vom hohen Wagen fiel und sich das Genick brach.

Der Nachbar, der Knecht und die Magd mochten sich noch so sehr um ihn bemühen, es war vergebens. Sie brachten ihn ins Haus und betteten ihn nach altem Brauch. Nach drei Tagen begruben sie ihn, wie es sich gehörte, und trauerten zusammen mit allen Leuten rings in der Gegend.

Zu eben dieser Zeit befand sich der Bauer auf dem Heimweg von seiner Reise. Hocherhobenen Hauptes und voller Stolz auf seinen Gewinn führte er sein Pferd am Zaum, denn beides – ihn und seine erworbenen Schätze – konnte es nicht zugleich tragen.

‚Wenn ich so vor aller Augen durch das Dorf ziehe, werden die Leute Mund und Nase aufreißen', dachte er bei sich selbst. ‚Sie werden meine Klugheit erkennen, meine Tatkraft bewundern und meine Erfolge bestaunen. Dann will ich zu meinem Sohne sagen: Ich habe mein Glück vollkommen gemacht. Nimm alles an dich und genieße es. Es reicht für ein sorgloses Leben bis ans Ende meiner und deiner Tage.'

Mit solchen Gedanken schritt er fort und erreichte das Dorf. Aber niemand ließ sich sehen. Er klopfte an die erste Tür, aber sie blieb verschlossen – auch die nächste und wieder eine andere. Am Brunnen erst traf er auf einen seltsamen Fremden.

„Was ist los hier?" herrschte er ihn an. „Wo sind die Leute?"

Der Fremde schöpfte noch einmal Wasser, trank es und sprach: „Sie beklagen den Tod eines guten Mannes. Sieben Tage und sieben Nächte wollen sie trauern und ihre Häuser nicht verlassen."

„Welch eine Dummheit!", entgegnete der Bauer, zog die Leine an und ging seinem Pferde voran schnurstracks seinem Hofe zu.

Doch auch dort ließ sich niemand sehen. Keiner kam ihm entgegen. Er stieß die Tür auf, erblickte die weinende Magd und schrie sie an: „Auch du, dummes Weib! Was kümmert dich anderer Leute Trauer! Verrichte lieber deine Arbeit, wie es sich gehört."

Die Magd erschrak und stand wie erstarrt vor ihrem Herrn.

„Wo ist mein Sohn?", donnerte der Bauer.

Mit Mühe brachte die Magd heraus, was sich zugetragen hatte, wie der Nachbar, der Knecht und sie selbst alles versucht und seinen Sohn schließlich doch zu Grabe hätten tragen müssen.


Das traf den Bauern bis ins Mark. „Wohin ist mein Glück? Was soll nun werden mit all dem Reichtum, den ich erworben habe? So war denn mein Leben umsonst!", jammerte er und befahl, den Gaul samt den Packen und Bündeln in den Stall zu führen, begab sich in seine Kammer und wollte von niemandem gestört werden.

Nach drei Tagen ließ er sich wieder sehen. Seine Augen waren rot vor Trauer, seine Wangen blass vor Schmerz. „Wem soll ich vererben, was ich zusammengetragen habe?", klagte er, rief seinen Nachbarn, seinen Knecht und seine Magd zu sich und schluchzte: „Wer weiß mir einen Rat, der den Kummer von mir nimmt? Ich gebe ihm denn alles, was ich auf meiner Reise erworben habe."

Da sprach der Nachbar. „Im Dorfe weilte vor Tagen ein weiser Mann, der vielen Leuten guten Rat zu geben verstand. Suche ihn auf und frage ihn."

Und der Bauer sprach: „Vor drei Tagen sah ich einen solchen am Brunnenrand sitzen und Wasser trinken. Er hatte weißes Haar, trug ein leinenes Gewand und stützte sich auf einen Wanderstab. Ist es der, so führe ihn eilends zu mir", befahl der Bauer seinem Knecht.

Doch der Fremde hatte das Dorf verlassen.

„In welche Richtung ist er gegangen?", fragte der Bauer.

„Gen Osten", antwortete der Knecht.

Da packte der Bauer seinen Reichtum zusammen und zog davon, den weisen Mann zu suchen.

Nach sieben Wochen gelangte er an einen Fluss. Eine Brücke führte ans andere Ufer. Gleich dort stand ein altes Haus mit einem siebenstrahligen Stern über dem Eingang. Dreimal klopfte er an. Die Tür öffnete sich ihm, und er trat ein. Es verwunderte ihn schon nicht mehr, dass er vor dem Fremden stand, dem er am Brunnen begegnet war. Er saß gegenüber auf erhöhtem Platz, vor sich einen Tisch mit einer brennenden Kerze und einem aufgeschlagenen Buch, in das er sich vertieft hatte. Der Bauer blieb stehen und wartete in Ehrfurcht. Stille umfing ihn, und eine wunderbare Ruhe durchströmte ihn, als der Fremde ihn anblickte und sprach:

„Ich habe dich erwartet! Bereits am Brunnen wusste ich, dass du eines Tages zu suchen beginnen würdest. Was aber suchst du? Ist es etwas Unwürdiges, so wende dich wieder um und vergiss, dass du mich gefunden hast. Ist es aber etwas, was zu suchen sich lohnt, so kann dir geholfen werden."

„Ich", sagte der Bauer, „suche eine Arznei gegen die Trauer um den Tod."

Lange überlegte der Weise, denn er sah wohl, dass nicht so sehr der Verstand des Bauern als vielmehr sein Herz der Heilung bedurfte. Dann begann er und sprach: „Wandere!"

„Wohin?", fragte der Bauer.

„Wandere durch die Städte und Dörfer, die du auf deiner Reise besucht hast. Lenke deine Schritte jedoch zuerst jenem einsamen Gehöft zu, vor dem eine Kinderschar lustig spielt, singt und tanzt. Nur diesen Rat gebe ich dir: Sieh' auf Dinge, auf die du bisher nicht geachtet und höre auf Worte, vor denen du bisher die Ohren verschlossen hast. Alsdann kehre zurück und gib mir kund, was du fandest."

Der Bauer verneigte sich und zog davon.

‚Suchen soll ich, was ich nicht kenne?', sprach er zu sich selbst, als er aus dem Hause trat.

‚Wie soll ich erkennen, was ich finden soll?', fragte er sich, als er die Brücke hinter sich gelassen hatte. Tiefe Zweifel über den Erfolg solcher Bemühungen ergriffen ihn.

Dennoch folgte der Bauer dem Rat des Weisen und trat seinen Weg an, ungewiss und blind, wie wenn er eine Binde vor den Augen hätte.

Nach drei Tagen erblickte er in der Ferne ein einsames Gehöft. ‚Dies könnte es sein, was mir der Weise zu besuchen auftrug‘, dachte er und hielt darauf zu. Von weitem schon hörte er, wie eine Kinderschar lustig spielte, tanzte und sang. Da wusste er: Das ist es, von dem mir der weise Mann sprach. ‚Aber warum nur habe ich diese Kinder und dieses Haus nicht wahrgenommen, als ich vormals hier vorbeikam?‘, fragte er sich und dachte: ‚Wie fröhlich die Kinder sind! Vielleicht kennt man hier die Arznei gegen die Trauer um den Tod.‘

Mit diesen Gedanken betrat der Bauer das Haus und sah den Vater am Bett seiner Frau sitzen und ihr kalte Tücher auf die Stirn legen.

Erschrocken stammelte er: „Guter Mann, ich wollte nach dem Grunde eures Glücks fragen, das ich den Kindern anzusehen glaubte. Hingegen sehe ich Schreckliches."

„Sie wird bald sterben", sprach der Vater. „Der Arzt hat gesagt, dass man ihr auch im Spital nicht mehr würde helfen können. Und sie nur zum Sterben dorthin zu bringen, will ich ihr und den Kindern nicht antun. Gehören wir im Leben zusammen, so wollen wir auch im Sterben beieinander sein."

Darüber wunderte sich der Bauer sehr und fragte: „Aber warum lässt du dann deine Kinder da draußen herumtollen und fröhlich sein, wo sie doch hier mit dir sitzen und trauern müssten?"

„Weißt du," antwortete der Vater, und ein Leuchten stand in seinen Augen, „wir folgen einer Lehre, nach der der Tod seinen Schrecken verloren hat und zum Lehrmeister des Friedens geworden ist."

So etwas Ähnliches hatte der Bauer nicht zum ersten Male gehört. Der Pfaffe im Dorf faselte davon, und nur die alten Weiber glaubten das. Er aber wusste es besser: „Guter Mann", wandte er ein, „ich kenne die Wirklichkeit. Ich betrachte die Welt, wie sie ist. Und was ich erkenne, dauert an bis zum Tod. Danach ist alles aus und vorbei."

Stille trat ein.

Der Vater nahm der Sterbenden das Tuch von der Stirn, tauchte es ins Wasser, legte es ihr erneut auf, streichelte liebevoll ihre Wangen und begann leise eine Melodie zu summen. Und je länger er summte, desto lieblicher klang sie in den Ohren des Bauern.

„Was kannst du singen in der Stunde, wo dein Liebstes am Rande des Grabes steht?", fragte er, als der Vater geendet hatte.

„Es ist die Melodie, in die die Lehre der Hoffnung eingewoben ist. Wer sie hört, hat ewigen Frieden. Was kann es im Abschied Besseres geben?"

Verwundert hörte der Bauer diese Worte, doch begreifen konnte er sie nicht. So viel aber hatte er verstanden: Diese Melodie barg eine wirksame Lehre gegen die Trauer um den Tod. ‚Vielleicht birgt sie auch die Arznei, die ich suche?', dachte der Bauer, und vernehmbar fragte er den Vater: „Wärest du bereit, mich zu lehren? Ich will dir dafür die Hälfte dessen geben, was mein Ross trägt."

Der Vater antwortete: „Gern will ich dich lehren. Aber diese Lehre ist nicht für allen Reichtum der Welt zu haben. Bleibe hier und lebe mit uns, bis du sie verstanden hast."


In der Nacht starb die Mutter. Da wendete sich der Vater mit den Kindern nach Osten, und der Bauer hörte sie gemeinsam Worte sprechen, die er nicht verstand, obwohl er sie ganz deutlich hören konnte. Er beobachtete ihre Gesten, aber er wusste nicht, was sie bedeuteten. Er erlebte, wie nun alle gemeinsam trauerten. Aber er bemerkte zugleich, dass ihre Trauer nicht Verzweiflung war. Gespannt verfolgte er das alles. Eine seltsame innere Erregung ergriff sein Herz. Denn er ahnte, dass er hier einem kostbaren Geheimnis begegnet war. Das wollte er verstehen lernen.

Und der Bauer blieb.

Drei Jahre vergingen. Da sprach der Vater zu dem Bauern: „Mein Bruder, dir sind die Binde von den Augen und die Stopfen aus den Ohren genommen. Du hast wahrlich gelernt zu hören und zu sehen. Du hast erlebt, dass unsere Lehre wie das Brot zum Leben, unser Leben das Ackerland der Liebe und die Liebe der Wohnsitz des Ewigen ist. Dies ist das wahre Geheimnis des Lebens und die Arznei gegen die Trauer um den Tod. Du weißt damit alles, was zum Leben gehört. Zieh' nun deines Weges und tue, was du erkannt hast."

Und sie umarmten und verabschiedeten sich mit dem Gruß des Friedens.

Nach drei Tagen kam der Bauer in die große Stadt, in der er einst gute Geschäfte gemacht, viele Kaufleute beobachtet und die grölenden Zurufe der Händler in den Wechselstuben gehört hatte. Hier kannte er sämtliche Banken und Pfandhäuser und erinnerte sich seiner eingefahrenen Gewinne. Und wie er noch darüber nachdachte, erblickte er plötzlich ein weinendes Mädchen am Straßenrand.

„Warum weinst du?", fragte er.

„O, die Jungen haben mir meine Puppe weggenommen, haben sie zertreten und sind davongelaufen", klagte das Mädchen. „Sie war mein liebstes Spielzeug. Nun habe ich mit dem Einen alles verloren."

„Weine nicht mehr!", sprach der Bauer. „Lass uns zusammen zum Puppenhaus gehen und sehen, ob dir auch eine andere Puppe gefallen könnte. Und wenn dir eine gefällt, dann will ich sie kaufen und dir schenken."

Wie freute sich das Mädchen, als es die neue Puppe in den Armen hielt. Es kam ihr vor, als sei die neue Puppe noch viel schöner als die alte.

Versonnen schaute der Bauer ihm nach, wie es davonlief, hüpfte und trällerte bis es zu Hause angekommen war. ,Wie glücklich sie ist', dachte er. Und es war ihm, als fühlte er selbst ein wenig von diesem Glück.

Nach wieder drei Tagen kam der Bauer in ein Dorf. Auch hier hatte er gute Geschäfte gemacht mit einem Getreidehändler, hatte ungeduldig dem Klappern der Mühle gelauscht, die sein Korn mahlte, und hatte in der Umgebung rastlos nach Bäckern gesucht, die sein Mehl kaufen sollten.

Da hörte er plötzlich Schreie. Der Bauer blickte um sich und entdeckte einen weinenden Knaben. Der war aus seinem Haus auf die Straße gelaufen, warf seine Hände in die Luft und rief: „Meine Mutter! Helft mir, meine Mutter!"

„Was ist mit deiner Mutter?", fragte er ihn.

„Mein Vater ist betrunken und schlägt sie. Er schlägt sie tot!"

„Wie das?", rief da der Bauer, lief in das Haus hinein und riss dem Wüterich den Stock aus der Hand. Entschlossen bot er alle seine Kräfte auf, band ihm Hände und Füße zusammen und ließ die Wachen rufen. Dann wendete er sich der weinenden Frau zu, verband ihre Wunden und tröstete sie. Und dem Knaben streichelte er über das Haar und sprach: „Hab keine Angst mehr um deine Mutter. Ich werde mich eurer annehmen. Alles wird gut."

‚Wie viel Leid doch in der Welt ist', dachte der Bauer. Weil aber die Mutter mit ihrem Sohn nun ganz allein zurechtkommen musste und es ihnen am Nötigsten fehlte, stattete er sie mit allem aus, was sie zum Leben brauchten. Und er blieb unter ihrem Dach, bis alles in rechten Bahnen lief.

Als er sah, dass die Mutter wieder lächeln konnte, verabschiedete er sich und zog frohgemut über Wiesen und Felder in einen großen Wald hinein.

Und wie er so dahinschritt, bemerkte er plötzlich, dass er sang. Er blieb stehen, schüttelte den Kopf und staunte über sich selbst. Er hatte gesungen, ohne es gewollt zu haben! Die ganze Zeit schon hatte er vor sich hingesungen, ohne dass er von jemandem dazu gedrängt worden war! Es kam einfach so aus ihm heraus. Aus ganz tief drinnen! Es war die Melodie, die er in dem Trauerhaus gehört, gelernt und in sich aufgenommen hatte!

Als der Bauer aus dem Wald heraustrat, sah er den Fluss vor sich liegen, sah die Brücke und entdeckte am anderen Ufer den weisen Mann. Sein Herz schlug höher, als der ihm bis zur Mitte der Brücke entgegenkam.

„Ich habe dich erwartet, Bruder!", begrüßte er den Heimkehrenden und streckte ihm die Hand entgegen. Der Bauer ergriff sie und drückte sie ehrfürchtig.

Und der Weise wusste, dass der Wanderer gefunden, was er gesucht hatte.

Den Bauern aber zog es mit Macht in sein Dorf zurück, denn er hatte erkannt, wie vielen Menschen er dort die Melodie singen musste, die er gelernt, und wie viele Menschen dort auf die Medizin warteten, die ihm geholfen hatte.

# 1984 plus 1

## Eine politische Absurdität?

### I.

Im „Kleinen Winkel", einer spärlich beleuchteten Nebenstraße des städtischen Flanierviertels, versteckt hinter heruntergekommenen Häusern, betrieb ein alter Bierwirt seine Kneipe. Er öffnete sie erst am Abend und hielt sie nur so lange offen, wie ,seine' Studenten an dem großen, blank gescheuerten runden Tisch saßen. Diesen Tisch hatte er vor vielen Jahren eigens für sie anfertigen lassen und in der Mitte des Gastraums platziert. Andere Leute kehrten selten hier ein. Und die hier einkehrten, ließen sich an einer Hand abzählen – Nachbarn zumeist, die den Alten noch aus der Zeit kannten, in der er eine ,richtige' Gaststätte mit Mittagstisch betrieb. Als Witwer in den Siebzigern nun hatte er sich ganz auf seine Studenten konzentriert. Sie bedeuteten ihm Abwechslung und Unterhaltung. Ihn interessierte alles, worüber sie diskutierten und was sie aus der Universität berichteten. Für ihn war es auch selbstverständlich, sich in die Gespräche einzumischen, wenn er es für angebracht hielt: Die Wissenschaft sei zweifellos das Wichtigste in unserem Land, erklärte er allen, die es bereits wussten, besonders aber denen, die es noch nicht wussten. Denn auf wissenschaftliche Ergebnisse könne man sich verlassen. „Die sind beweisbar und nicht so unglaubwürdig wie dieser ganze Zinnober, den die Staatsmacht uns zu glauben zumutet." Auch Letzteres beliebte er, jedem mitzuteilen, auch dem, der es nicht gern hörte.

Den Studenten gefiel seine offene Art zu reden, und sie fühlten sich bei ihm gut aufgehoben. Denn sie alle lebten in einem Land, in dem zwar nicht das Denken im stillen Kämmerlein, wohl aber das öffentliche Aussprechen dessen, was dort gedacht wurde, gefährlich für Leib und Leben werden konnte.

Die Studenten schätzten im Übrigen das Bier des Alten über alles, genauer: seine besondere Kunst des Bierzapfens. ‚Ein Bier müsse gepflegt sein', meinte er, wenn man ihn darauf ansprach. ‚Der Aufbau der Blume benötige volle fünf Minuten. Dann erst stehe sie richtig. Und um das Optimum zu erreichen, spüle er die Gläser für die nächsten Runden auch nicht aus. Denn Wasser wirke der erstrebten Festigkeit und Beständigkeit der Blume entgegen.' Und tatsächlich: Eine Blume wie die hier gedieh nur unter dem Zapfhahn des Alten. So lautete denn auch der von den Studikern am häufigsten ausgebrachte Trinkspruch: „Solang uns diese Blume blüht, soll uns kein Geld verschimmeln."

Und noch eins beherrschte der Alte: Weil insbesondere die nachrückenden Studenten immer mal wieder bezweifelten, dass sie bei dieser Art des Zapfens auch wirklich ihr zuvor benutztes Glas erhielten, testeten sie ihn gelegentlich. Doch niemand hat ihm je eine falsche Zuordnung der Gläser nachweisen können. Auch dafür hatte er seine ‚Methode', selbst wenn zehn oder mehr Studenten um den Tisch herum saßen und alle zur gleichen Zeit das nächste Bier verlangten.

Unter denen, die hier am runden Tisch zugelassen waren, herrschte Einigkeit darüber, dass diese Ehre nur ‚erlesenen' Studenten zuteil werden durfte – auserwählt in der Weise, dass sie persönlich integer und in jeder Hinsicht als aufrichtig und kultiviert zu gelten hatten sowie als selbstständig Denkende erkannt wurden. Neue Mitglieder wurden dem ‚Konklave' deshalb ausschließlich von alten Mitgliedern zugeführt und nach Vorstellung und Befragung vor versammelter Runde in einer kommersähnlichen Zeremonie angenommen. Denn nur so glaubte man, dass das, was gesprochen wurde, nicht nach außen dringen würde.

Die Moderation in einer abendlichen Zusammenkunft übernahm jeweils der nach Mitgliedsjahren dienstälteste Anwesende. Man nannte ihn – natürlich auf Vorschlag eines Theologen, der auch sonst gern mit seinen Lateinkenntnissen brillierte – ‚Spiritus Rector'. Auf eben jenen Theologen ging auch die Gewohnheit zurück, bemerkenswerte Erkenntnisse, die sich aus den Diskussionen ergaben, als ‚Asterisci' (asteriscus = das typographische Sternchen*) zu bezeichnen, die es wert waren, dem Fundus des gemeinsamen Wissens hinzugefügt zu werden. Warf also jemand den Begriff ,Asteriscus' in die Runde, dann hielt man inne, überdachte den soeben geäußerten Gedanken und versuchte, ihn, wenn noch nicht präzise genug, in einen prägnanten Satz zu fassen. War dies gelungen, stimmte man darüber ab, ob das Gefundene des Festhaltens wert war – eine treffliche Gepflogenheit, wie sich bald herausstellte. Denn diese gemeinsam erarbeiteten und bekräftigten Kerngedanken wurden notiert, gesammelt und am Ende eines Semesters an Interessierte ausgegeben, so dass jeder im Laufe der Zeit ein kleines Kompendium gescheiter Aphorismen besaß. Und sie dienten später vielen als Navigationshilfen durch ihr privates Leben und politisches Dasein. Anwesenheits- oder Mitgliederlisten wurden nicht geführt. Das verbot sich allein aus Gründen der stets latenten Gefahr, von Spitzeln verraten und von Häschern abgeführt zu werden.

So traf sich in dieser geschätzten Kneipe seit vielen Jahren eine gewisse ,Elite' von Studenten – Elite deswegen, weil sie sich als eine Gemeinschaft des freien Denkens, der Hochschätzung des offenen Disputs und eben der gepflegten Geselligkeit verstand – und deutete die Welt.


## II.


Eines Tages kam Ramses – so genannt, weil er Ägyptologie studierte – auf eine Idee: „Wie wäre es, wenn ich das, was die Menschen in diesem unseren Lande über viele Jahre hinweg erlebt, was wir hier am Tisch erörtert haben und welche Weiterungen des Fatalen wir in Zukunft noch erwarten können, in die Form eines orientalischen Märchens gießen würde? Wir könnten mit diesem Kunstgriff der niederträchtigen Wirklichkeit ihre gefährliche Direktheit nehmen und doch jedem Fragenden das für die Zukunft denkbar Mögliche auf diesem Wege mitteilen. Denn ihr wisst, dass frei wir diese Wahrheit niemals ungestraft öffentlich sagen dürfen."

Der Gedanke fand sogleich allgemeine Zustimmung. Man diskutierte den ganzen Abend über die aufzunehmenden ,Realia' der gegenwärtigen Verhältnisse und die Befürchtungen für die absehbare Zukunft und gab Ramses das ,Werk' in Auftrag.

## III.

Wochen vergingen. Nichts geschah. Nachfragen zum Stand des Märchens beantwortete Ramses ausweichend: ,Das sei alles nicht so leicht. Die erlebten Tatsachen ließen sich ja noch recht einfach ins Märchenhafte übertragen. Doch wenn er die Erwartungen an die Zukunft, nämlich das, was aus dieser trostlosen Denkweise ideologisch fixierter Oberen noch alles erwachsen könne, verpackt und doch verständlich beschreiben wolle, dann sehe er sich genötigt, geradezu abstruse Fiktionen zu erfinden. Alles müsse so unglaublich klingen, dass es auch dem schlichtesten Zuhörer als abwegig und daher irreal erscheine. Und da unsere Staatsmacht weder die Wahrheit, noch die Fiktionen vertragen könne, müsse er das Ganze sodann mit einem verhüllenden Schleier umgeben, der erträglicher macht, was eigentlich nicht ertragen werden kann. Und das dauere eben!' Ramses schloss: „Wartet also noch zu. Doch so viel schon jetzt: Erwartet für den Teil des Märchens, der ein Bild von unserer Zukunft entwerfen soll, Barbarisches!"

Die Runde begann zu ahnen, dass Ramses kein unverbindliches Kabarettstück abliefern, sondern Grundsätzliches vorlegen wollte. Die Neugierde wuchs. Die Spannung vervielfachte sich.


Irgendwann in seinem Examenssemester unterrichtete Ramses seine Freunde: Es sei so weit. Man möge viel Zeit mitbringen. Ein bissiges Panorama der Gegenwart und zugleich ein schauderhafter Ausblick auf die Zukunft erwarte sie.

Einer, der erst kurze Zeit zu den ‚Auserwählten' gehörte, fragte, ob er dazu einen Freund mitbringen könne. Der habe großes Interesse an dem, was hier geschehe. Die Gruppe lehnte ab. Kein Fremder dürfe ungeprüft in diesen Kreis eindringen, noch dazu, wenn es um ein derart brisantes Thema gehe. Der Neue quittierte die Entscheidung mit: „Schade!"

Der Abend kam. Fast der gesamte Freundeskreis war erschienen. Nur Ramses ließ sich nicht blicken. Doch pünktlich zur festgesetzten Zeit öffnete sich die Tür im hinteren Teil des Schankraumes, der in die Privatwohnung des Alten führte, und Ramses trat heraus – eingehüllt in ein weißes Laken und mit einem kunstvoll drapierten Turban auf dem Kopf. Die Runde war überrascht, johlte und klopfte in studentischer Weise. Ramses schritt würdevoll an den Tisch und setzte sich auf seinen Platz neben dem Spiritus Rektor. Stille trat ein.

## IV.

Ramses begann: „Brüder, vergesst für eine Stunde alles um euch herum, versetzt euch in ein Land der Wüste im weiten Orient – irgendwo an den Rand einer Oase – und hört mir zu. Ich bin, wie ihr seht, in das Gewand eines orientalischen Märchenerzählers aus dem Stamm der Banu Murra geschlüpft. Ein Märchenerzähler ist ein weiser Mann ..." Ein leises Feixen folgte dieser Äußerung, und Ramses unterbrach seine Rede. Als von neuem Ruhe eingekehrt war, fuhr er fort: „... und kennt die Wahrheit. Ein Märchenerzähler weiß daher, was er tut, wenn er zu sprechen beginnt. Er weiß: Wer die Wahrheit weitergeben will, muss sie in eine Geschichte kleiden. Denn die Wahrheit birgt gefährliches Dynamit. Sie kann

tödlich sein für den, der sie verbreitet. Für den Märchenerzähler gilt daher: Je schrecklicher die Wahrheit
ist, die er mitteilen will, desto phantastischer muss
seine Geschichte ausfallen. Erst dann, so glaubt er,
könne er sich vor seinen Häschern sicher fühlen. Und
so muss er seine Hörer davon überzeugen, dass sie ja
nur ein Märchen zu hören bekommen! Ein völlig un-
glaubwürdiges Märchen! Aber eins, das die
Triebkräfte und ihre Folgen, was alles der Erzähler
als ‚Wuchern des Schändlichen' anprangern will, von
den Wurzeln bis hinauf zu den winzigsten Verästelun-
lungen der Zweige umso deutlicher aufdeckt. Seid
ihr bereit, diese Geschichte zu hören?"

Alle waren sie bereit.

„Seid ihr bereit, nicht nur zu hören, sondern auch die
Leere der Wüste, in der ihr euch ab jetzt zu befinden
habt, zu denken?", fragte Ramses weiter.

Auch dazu waren sie bereit.

„Dann konzentriert euch!", forderte er. Und alle taten
es. Stille.


Und so eingestimmt sitzen nun die Beduinen im
Kreis um das Lagerfeuer herum, lauschen in die Welt
hinein, die sich ihnen da auftut und lernen, ihre eigene Wirklichkeit auf indirektem Wege zu verstehen.
Sie werden Wissende. Ruhe durchdringt sie. Ihre
Haltung entkrampft sich. Ihre Bewegungen werden
ausgeglichener. Und am Ende wissen sie etwas, was

sie eigentlich nicht wissen dürfen. Und fragt jemand nach ihrem Wissen, dann antworten sie treuherzig, sie wüssten nichts anderes als eine Geschichte, ein Märchen aus längst vergangenen Zeiten. Und dieses Märchen spiele in einem Land, das unendlich fern von hier liege und nur mit Hilfe eines tauglichen Schiffes nach vielen Monden zu erreichen sei.

Ramses begann: „So will ich euch denn ein Märchen von einem Erdteil erzählen, der Pareuo genannt wird. Eine Welt von unzähligen Inseln – große und kleine –, die sich von West nach Ost über mehr als tausend Kilometer erstreckt.

Ich kenne keine Gegend unserer Welt, die so schön wäre wie die Inselwelt Pareuos mit ihren Wäldern, Tälern und Höhen, ihren Flüssen und Seen. Manche Insel ist von einer anderen aus erreichbar, ohne dass man schwimmen müsste. Brücken, ja manchmal nur Stege reichen aus, um von der einen zur anderen zu gelangen. Kinder spielen heute an diesem, morgen an jenem Strand. Die Erwachsenen kennen sich von Insel zu Insel. Es sind kluge und stolze Menschen. Sie bereisen mit ihren Schiffen die gesamte Inselwelt Pareuos und lernen sich so kennen und achten.

Vor geraumer Zeit hat sich eine Reihe von Inseln innerhalb Pareuos zu einer Pareuo-Gemeinschaft zusammengeschlossen. In dieser Gemeinschaft arbeiten sie nun zusammen und entscheiden viele Dinge nur noch gemeinsam.

Die Pareuer sind fleißig. Ihre Inseln sind fruchtbar. So geschah es, dass die Menschen dort zu Ruhm und Reichtum gelangt sind, und die Kunde darüber verbreitete sich in der ganzen übrigen Welt. Täglich legen Schiffe in ihren Häfen an. Händler und Reisende kommen, um zu kaufen und zu verkaufen, Verträge abzuschließen und Erfahrungen auszutauschen. Wenn ich euch erzählen wollte, wie sich das Leben auf jeder einzelnen dieser Inseln abspielt und in der langen Geschichte Pareuos abgespielt hat, dann könnten wir hier sitzen bleiben, bis wir zu den Vätern unseres Stammes versammelt worden sind. Deshalb will ich euch lediglich von drei Inseln Näheres berichten, ja recht eigentlich nur von einer einzigen.

Diese Insel liegt mitten in Pareuo und grenzt nach Westen hin ganz nah an eine größere Insel. Beide Inseln gehörten einst zusammen. Sie sind vor vielen Jahren nach einem entsetzlichen Krieg, der ganz Pareuo erzittern ließ, getrennt worden. Viele Städte und Dörfer, Fabriken und Kathedralen wurden damals zerstört. Viele Menschen kamen ums Leben. Die Not war groß. Doch nach langen Jahren schwerer Aufbauarbeit begannen die Wunden zu heilen. Nur eine Wunde heilte nicht mehr: der Riss durch die einstmals zusammengehörige Insel. Zwar hätte man die schmale Rinne, die die nunmehr entstandenen Inselteile voneinander trennte, wieder zuschütten können. Aber das geschah nicht. Denn jetzt mischten sich fremde starke Kräfte in das Leben der Inseln im Herzen Pareuos ein. Dabei hatte der westliche Teil der Insel Glück. Er konnte sich in Freiheit entwickeln. Der östliche Teil hatte Pech. Er versank in der Knechtschaft eines brutalen Herrschers aus dem Osten Pareuos. Seitdem ist die kleine Wasserrinne zwischen den Inselteilen zu einer erbarmungslosen Trennungslinie für ganz Pareuo geworden. Und das kam so:

Der große Herrscher dort ganz weit im Osten Pareuos führte ein grausames Regiment. Jeder, der sich seiner Herrschaft widersetzte, wurde gnadenlos verfolgt und beseitigt. Ja, bereits ein bloßer Verdacht oder eine hinterhältige Anzeige reichte aus, einen Menschen ohne Gerichtsurteil zu erschießen oder in ein Straflager zu verbannen. Sein Wahlspruch lautete:

,Ein Mensch – ein Problem,
kein Mensch – kein Problem!'

Seine Methoden waren barbarisch, und immer neue dachte er sich aus – die eine nach der tollpatschigen Art des Bären, der sein Opfer mit seiner groben Tatze erschlägt, die andere nach der verlogenen Art des Fuchses, der den Vertrauensseligen in die Falle lockt, eine weitere nach dem lauernden Naturell des Luchses, der den Ahnungslosen aus dem Hinterhalt niederstreckt, oder nach der schleimigen Art des

Ameisenbären, der seine klebrige Zunge in die friedliche Welt der Ameisen steckt. Doch seine Gefährlichkeit lag im tiefsten Grunde dennoch nicht in der tierischen Art seiner Herrschaft. Sie lag in der teuflischen Art ihrer Begründung! Er hatte sich eine in sich geschlossene Lehre, ein vollendetes Dogma, eine Glauben erzwingende Religion zurechtgelegt. Mit deren Hilfe konnte er nun jede Verbannung, jede Liquidierung, jede Tötung begründen, ja für gesetzmäßig und deshalb für notwendig erklären. Er bildete für seine Religion Kleriker aus. Die gingen predigend durch die Dörfer und Städte seines Landes und brachten den Menschen den benebelnden Glauben bei, dass sie selbst es seien, die diese Herrschaft ausübten! Und sie nötigten das Volk, dies gehorsam anzunehmen, innig daran zu glauben und diesen Glauben vor den anderen Leuten zu bekennen. Nur wenige erkannten, dass diese Predigt allein dem Zweck der Machtabsicherung des starken Mannes diente.

Man soll es nicht glauben, aber diese teuflische Religion gewann später auch Anhänger auf dem östlichen Teil der einst zusammengehörenden Insel. Der große Religionsstifter aus dem Osten schickte in seiner unendlichen Güte jetzt seine Religionslehrer auch zu ihnen. Sie predigten, sie überredeten, sie drohten, sie erpressten. Doch sie hatten zunächst keine großen Erfolge. Die meisten Menschen wollten diese Religion nicht – und schon gar nicht den neuen

Gott, als der sich der ‚große Vorsitzende' darstellen ließ.

Da machten sie Geschenke, um Anfällige zu verführen. Da bauten sie Gefängnisse und Irrenhäuser, um die Aufrechten darin zu zerbrechen. Da degradierten sie alle, die wichtig waren für das Ingangshalten des Gemeinwesens. Väter verschwanden von der Straße, wenn sie dem Bild des großen Religionsstifters nicht die gebührende Ehre erweisen wollten. Mütter machte man zu Huren der neuen Tempeldiener. Eltern nahmen sie die Kinder weg und sperrten sie in ihre Klosterschulen. Kaderschmieden nannte man diese Einrichtungen, in denen man – der Tätigkeit des Schmiedes gleich – den Stahl in Rotglut versetzt, formbar macht und danach mit dem Hammer über Zapfen und Formen schlägt, bis er die gewünschte Gestalt angenommen hat. Und – erst einmal bearbeitet – ist der Mensch dann das, was diese Religion braucht: ein erkaltetes, willenloses Werkzeug in der Hand des neuen großen Übervaters, dem zum 70. Geburtstag selbst die kleinen Mädchen Ostpareuos ergebenst herzliche Untertanengrüße senden mussten.

Was also sollten die Bewohner der östlichen Insel angesichts dieser Lage tun?

Viele passten sich an, lebten zweigleisig: die eigene Meinung für drinnen und die verlangte für draußen. Andere entschlossen sich, Haus und Hof zu verlassen und über den Graben zu springen, um auf der anderen Teilinsel neu anzufangen. Wenige versuchten, mit aufrechtem Gang durch ihre Zeit zu gehen und sich nicht verbiegen zu lassen. Manch ein Unbeugsamer fand sich in einer psychiatrischen Anstalt oder in einem Gefängnis wieder.

Doch es gab auch eine nicht geringe Zahl von Leuten, die in dieser Lage ihre Chance witterten – die Möchtegerne, die Speichellecker und Karrieristen, Leute ohne Art und Haltung, genau passend zu dem, was von ihnen verlangt wurde.

Und sie hatten sich nicht verrechnet. Sie erhielten ihre Posten in den Dörfern und Städten, in den Fabriken und Universitäten, in der Armee, in den Sicherheitsdiensten und in der Regierung. Sie setzten sich überall fest. Sie wurden Gesetzgeber, Richter, Anwälte und Henker zugleich. Sie bestimmten die Wirtschaftspläne, gaben die Direktiven für das Zusammenleben der Menschen vor und lenkten ihre Durchführung. Und je höher sie kamen, desto überzeugtere Priester der neuen Religion wurden sie, und desto inniger genossen sie ihre Macht gegenüber dem rechtlosen Volk. Denn sie wussten: Es ist niemand da, der uns zur Rechenschaft ziehen kann."

„Asteriscus!", rief jemand in die Runde.

Ramses unterbrach sich, und der Spiritus Rector fragte, was denn festzuhalten sei.

Der gerufen hatte, fasste zusammen: „Ein Staat, der die Macht des Gesetzgebers, des Anklägers, des Richters, des Rechtsanwalts und des Henkers in seiner eigenen Hand vereinigt, ist ein Land der Rechtlosigkeit, ist eine Tyrannei."

Es gab keine Diskussion. Man war sich einig.

Da sprach der Spiritus Rector „So fügen wir auch diese Erkenntnis unserem Gedächtnis ein."

Der Märchenerzähler schaute in die Runde und fuhr sodann fort: „Wer von euch kann sich n i c h t vorstellen, wohin ein solches Land nach wenigen Jahren gesteuert sein wird?"

Niemand sagte ein Wort. Alle hatten sie verstanden. Gelassen blickten sie einander an und nickten sich verständnisvoll zu.

Ramses leerte sein Glas und winkte den Wirt herbei, der, auf einem Hocker vor seinem Tresen sitzend, aufmerksam zuhörte. Auch die Anderen nutzten die Unterbrechung für ein weiteres Glas des Hopfensaftes. Und selbst in dieser Situation hielt der Alte an dessen kunstgerechter Behandlung fest – fünf Minuten des fachkundigen Zapfens und des angespannten Wartens auf das Wachsen der Blume. Dann fuhr der Märchenerzähler fort:

„Also, ihr könnt es euch vorstellen! Gut! Deshalb will ich euch nicht langweilen mit der Beschreibung von Einzelheiten. Ich will euch lediglich über einen einzigen Bereich des Totalversagens berichten: die Wirtschaftspolitik. Und auch hier will ich nur der

Reihe nach vorstellen, wie eins aus dem anderen hervorging: Aus der geistigen Einfalt ihrer Theorie entsprangen die Fehlentscheidungen, aus den Fehlentscheidungen der Niedergang und – im Chaos angekommen – die untauglichen Rettungsversuche, deren skrupellose Perfektion schließlich die ganze Hilflosigkeit der Führung der östlichen Insel offenbarte.

Kleine bis mittlere Krisensituationen wiederholten sich regelmäßig, und regelmäßig saß man dann im ,Großen Büro' der obersten Führung – ich bezeichne sie gern als ,Büro der obersten Spatzenhirne' – beisammen und nahm das Desaster zur Kenntnis, das der Verantwortliche für die Wirtschaftspolitik seit langem kannte, doch dem Plenum nicht vorzutragen wagte. Erst wenn die Zustände durch den Geheimdienst in geheimen Dossiers zusammengetragen worden waren, was bis dahin vor dem großen Vorsitzenden geheim gehalten wurde, ging es nicht anders: Das Volk, ja sogar viele Spatzenhirne auf den unteren Leitungsebenen, seien unzufrieden, hieß es da. Es gäbe viele Dinge des täglichen Bedarfs nicht mehr oder nur noch auf Zuteilung. Einige hätten sogar geäußert, sie wüssten nicht mehr, wie sie den kleinen Leuten die Politik der führenden Partei erklären sollten. Aus den Betrieben kämen beängstigende Meldungen: Maschinen müssten wegen Materialmangels abgestellt und Förderbänder abgeschaltet werden. Sogar ganze Schichten fielen aus. Dennoch kämen die Arbeiter treu ‚zur Arbeit', aber sie brächten ihre Spielkarten mit und spielten unterdessen Skat. Es gäbe auch einige, die das ‚Neue Tageblatt', Zentralorgan der führenden Partei, läsen und bei dessen Lektüre glaubten, es berichte von einem ganz anderen Land. Die Spitze der Unbotmäßigkeit jedoch habe sich ausgerechnet in einem Betrieb der sozynistischen Arbeit zugetragen. Dort wäre ein gewisses bebildertes Blatt von der anderen Seite der Insel in Umlauf gekommen, und alle hätten es begierig lesen wollen, bis der verantwortliche Redakteur der Betriebszeitung das Schundblatt konfisziert habe. Auch auf dem Bau grassiere der Leerlauf. Desgleichen klage die Landwirtschaft über den Mangel an Mineraldünger, Ersatzteilen und neuen Maschinen, was wiederum zu Engpässen in der Versorgung mit Lebensmitteln geführt habe. Kurz: Ein Horrorszenario nach dem anderen tat sich den obersten Spatzenhirnen auf. Betretenes Schweigen war die ständige Reaktion.

Und wie es sich bei allen periodisch eintretenden Horrorberichten empfiehlt, meldete sich nach einiger Zeit des Nachdenkens ein Spatzenhirn der vordersten Reihe zu Wort und meinte, gemäß der geltenden Ideologie Selbstkritik üben zu müssen mit der richtigen Frage: ‚Woher kommt der Misserfolg in der Produktion?'

Nun waren aber die ideologisch Gefangenen nicht gewohnt, nach den wahren Ursachen zu forschen.

Denn hätte man rückhaltlos Kritik geübt, den Verstand gebraucht und so die tatsächlichen Gründe gefunden, dann hätte diese Entdeckung zur Infragestellung des gesamten Systems geführt. Und das konnte nicht sein! Also kam man sogleich auf die gängige Erklärung, dass diese Frage gar keine Frage der Selbstkritik der Leitungsebene sein könne. Die ganze Misere gehe auf das Konto der vom Klassenfeind in Westpareuo gesteuerten Individuen in den Betrieben, die wieder einmal den Aufbau einer frohgemuten Zukunft wie Wühlratten unterminierten. Zwar hatten die Spatzenhirne von dem Oberpriester weit im Osten gelernt, dass man zuvörderst alle Leute, die eine Fabrik besaßen, totmachen und auf dem Altar der neuen Religion opfern müsse. Die waren also schon lange weg. Aber man hatte ja noch einige Techniker und Ingenieure in den Fachebenen belassen, weil man genau wusste, dass es ohne sie nicht geht. Und ausgerechnet die identifizierte man jetzt scharfsinnig als die Schuldigen.

Der Grund war also gefunden: Es waren all die Leute, die sich ihren Verstand bewahrt hatten und noch nicht zu der neuen Religion übergetreten waren. Das allein reichte aus, sie als hörige Werkzeuge des Klassenfeindes zu brandmarken. Also wurden die Ortspriester angewiesen, die Ingenieure, Techniker, Ökonomen, Meister und Facharbeiter zur Selbstkritik zu veranlassen. Prompt übten sich auch einige in dieser Art der Selbsterkenntnis, weil sie ihre Posten behalten wollten. Das ging so weit, dass sich viele von ihnen für Untaten bezichtigten, die sie nie begangen hatten. Manche klagten sich sogar der gezielten Sabotage, die sie nie verübt hatten, an. Einige hatten Glück damit, die meisten nicht. Und wer aus der Wahrheit keine Lüge machen wollte, sprang über den Graben auf die größere Insel im Westen.

An ihre Stelle traten nun die in den Kaderschmieden auf Geheiß des Spatzenhirnkomitees ideologisch gedrillten Zöglinge. Was denen allerdings fehlte, war eine ganze Kleinigkeit: Sie hatten keine Ahnung von Wirtschaft. Aber sie hatten die richtige Religion. Und dieser sonnige Standpunkt erleuchtete nunmehr alles weitere Geschehen um die Industrie.

Wie der Industriewirtschaft erging es auch der Landwirtschaft. Auch hier hatte man nach dem Vorbild des großen Religionsstifters aus dem Osten Pareuos alle Gutsbesitzer und Großbauern von ihrem Grund und Boden vertrieben. Einen Teil der Ländereien übergab man sogenannten Neubauern, die häufig zugezogen waren und nicht viel von der Landwirtschaft verstanden. Den größten Teil der Ländereien aber überführte man in genossenschaftliches Eigentum. Und da sich dieser Art von Eigentum niemand so recht verbunden und sich daher ihr gegenüber auch nicht verantwortlich fühlte, vernachlässigte man es mit der Zeit so sehr, dass demgemäß auch die Verpflegungslage immer wieder in eine Schieflage geriet. Misswirtschaft auch in der Landwirtschaft! ‚Wer trug denn nun hierfür die Schuld?', fragten sich die leitenden Spatzenhirne in der Hauptstadt.

Nun darf man Spatzenhirnen ja nicht die Fähigkeit absprechen, irgendwie nachdenken zu können. Sie dachten natürlich gründlich nach und fanden die Antwort auf diese Frage: Es lag an den kleinen und mittleren Bauern, die man noch auf ihrer Scholle hatte weiter wirtschaften lassen! ‚Die liefern nicht genug ihrer Produkte ab!', fanden sie. Denn die Statistik sagte aus, dass Bauern auf der eigenen Scholle tatsächlich mehr produzierten als die in den landwirtschaftlichen Produktionsgenossenschaften. Man fand mithin scharfsichtig heraus, dass sie nicht nur mehr produzierten, sondern dass folgerichtig auch viel zu viel ‚in ihren eigenen Taschen' verblieb. Aber anstatt die Genossenschaften zu veranlassen, möglichst rasch das Produktionsniveau der Noch-Privatbauern zu erreichen, überführte man auch sie in jene Strukturen, in denen nichts oder nur wenig erreicht zu werden pflegt.

Und wie gestaltete man diese Überführung?

Da man von Bauern, deren Höfe über Generationen hinweg vererbt worden waren, nicht ohne weiteres erwarten konnte, dass sie das erhabene Thema von der Selbstkritik verstehen würden, fasste man sich kurz: Man ließ sie einfach antreten und einen Zettel unterschreiben, auf dem zu lesen war, dass sie nunmehr überglücklich seien, endlich alles, was sie besaßen, auf den Altar der neuen Religion legen zu dürfen. Dieses Ergebnis erfüllte nun die Spatzenhirne mit Glück und Freude, so dass sogleich ein weiterer Tisch an die Festtafel gestellt werden konnte, an dem sich nun auch solche Adlaten mästen konnten, die bisher noch zu kurz gekommen waren. Und während man sowohl im obersten Büro als auch in den nachgeordneten Dienststellen die überragenden Errungenschaften feierte und an den gedeckten Tafeln schleckte und schmatzte, ertönte über die Lautsprecher der Insel das Lied: „Brüder, zur Sonne, zur Freiheit". Denn nunmehr waren alle frei von dem, was sie von ihren Vätern ererbt hatten. Die uniformierten Wächter der Freiheit und die in Zivil gekleideten Zuträger der Dienste für Geheimangelegenheiten standen dabei und achteten streng darauf, dass alle Beraubten innig mitsangen.

Die Folgen dieses wundersamen Zusammenlebens waren verheerend: Die neuen Herren der Landwirtschaft mussten zunächst einmal mächtig daran üben, eine Sau von einem Rindvieh zu unterscheiden. Dabei half ihnen das äußere Erscheinungsbild dieses Viehzeugs ungemein. Darüber hinaus begünstigten auch die Laute, die dieses Getier dann und wann ausstieß, ihren Erkenntnisgewinn beträchtlich. Und bisweilen stellte sich sogar bei dem Einen oder Anderen eine gewisse Erleuchtung in landwirtschaftlichen Sachfragen ein.

*Brüder Kommilitonen! Gestattet mir an dieser Stelle eine aktuelle Bemerkung über die Erkenntnisfähigkeit der Oberherren dieses unseres Landes bezüglich dessen, was das gemeine Volk denkt: Was den Spatzenhirnen in unserem Märchen auf dem Gebiet der Tierwelt gelegentlich noch gelang, verschließt sich den* zeitgenössischen Spatzenhirnen jedoch gänzlich, wenn sie die tatsächliche Ansicht ihres Volkes einschätzen sollen: Da meldet man nach oben stets die treuen Selbstverpflichtungen der arbeitenden Menschen zu noch höheren Leistungen. Da erfüllt man den Plan mit selbstloser Hingabe an das sozynistische Vaterland stets mit weit über hundert Prozent. Da bezeugt man der herrschenden Kaste untertänigst das sich daraus ergebende Glück des neuen Menschen.

Und die Kaste glaubt das!

Warum?

Weil sie es glauben will!

Wen wundert es, dass es selbst intelligenten Menschen in einem solchen Lande fast nie gelingt, in den komplizierten Erkenntnisprozessen des rein Mitmenschlichen ein Schwein sicher von einem Rindvieh zu unterscheiden. Denn bei den menschlichen Schweinen und Rindviechern liegen die Unterscheidungsmerkmale bezüglich des Körperbaus und der Laute nicht so deutlich auf der Hand wie zwischen den tierischen Schweinen und den tierischen Rindviechern. Bei den Menschen sieht ein Schwein immer noch wie ein Mensch und ein Rindvieh immer noch wie ein normaler Erdenbürger aus. Optisch schwer unterscheidbar!

Schwieriger Sachverhalt das! Aber vielleicht lässt sich dieses Unvermögen auch mit der Tatsache erklären, dass auf dieser unseren Insel das Rindvieh meistens auch ein Schwein ist.

Bei so viel Schweine- und Rindviecherei sprangen damals auch viele Bauern über den Graben. Ihnen folgten Tierärzte und andere fleißige Leute vom Lande.

Nach geraumer Zeit fiel den obersten Spatzenhirnen auf, dass all ihre Rettungsaktionen nicht so recht anschlagen wollten. Und erneut fragte sich das große Komitee, woran das wohl wieder liegen könnte. Es war doch alles so vollstreckt worden, wie es die Fibel des Ideologie-Schöpfers vorsieht!

Da ergriff der Vorsitzende der obersten Spatzenhirne, der den landwirtschaftlichen Beinamen ‚Ziegenbart' trug, das Wort und sprach: ‚Eine außerordentliche Lage erfordert außerordentliche Ideen und ebensolche Männer, die diese Ideen in die Tat umsetzen.'

Die Herumsitzenden wachten auf und staunten ob dieser Erkenntnis.

‚Nu!', fuhr der große Vorsitzende fort, ‚das ist doch ganz klar! Nachdem wir alle Voraussetzungen für ein Wachstum der industriellen und landwirtschaftlichen Produktion zum Wohle aller Inselbewohner in unserem Inselstaat auf unserem Inselboden geschaffen haben, liegt es nunmehr klar vor aller Augen, dass die herrschenden Kreise von der anderen Seite des Grabens den Erfolg torpediert haben. Und sie werden noch weiter gehen. Sie werden so weit gehen', weissagte er, ‚dass sie nicht nur wirtschaftspolitische Torpedos gegen uns abfeuern, sondern auch echte Kriegsgeschosse! Genossen, wir müssen wachsam sein! Denn ich habe soeben sichere Kunde erhalten, dass jene herrschenden Kreise nunmehr auch mit militärischer Gewalt über den Graben setzen und die Errungenschaften des ersten Inselstaates auf dem Inselboden unserer Insel mitsamt ihren Inselbewohnern vernichten wollen. Genossen!', schlussfolgerte er, ,Genossen, die wollen Krieg machen!'

Die Herumsitzenden taten erschreckt. Gleichwohl waren sie nicht wirklich erschrocken. Denn sie wussten genau, dass nicht stimmte, was der große Vorsitzende da behauptete, indessen das oberste Spatzenhirn die historische Frage stellte: ,Was tun? Ich sage es euch: Wir müssen den Weltfrieden retten und die erforderlichen Maßnahmen treffen.'

Spatzenhirn ,Schmeißfliege', zuständig für die Landesverteidigung, erleckte sofort, was der Vorsitzende meinte, und stellte sich als erster der neuen Aufgabe mit den Worten: ,Ich gebe sofort Alarm!'

Spatzenhirn ,Löwenmaul', der das Propaganda-Ressort führte, wollte sogleich eine Eilmeldung über die gefährliche Lage formulieren und holte sein Diktiergerät hervor, das er sich von jenseits des Grabens hatte beschaffen lassen.

,Nein! Nein! Genossen!', polterte Ziegenbart. ,Ich befehle allerhöchste Geheimhaltung! Stellt euch vor, was geschehen könnte, wenn unser Inselvolk von dem bevorstehenden Überfall der herrschenden

Kreise von der anderen Seite des Grabens vorzeitig erfährt? Nein, Genossen! Die Ankündigung eines Überfalls des Klassenfeindes zur Unzeit würde das Volk völlig durcheinanderbringen. Denn für das einfache Volk sind keine Kriegvorbereitungen des Feindes erkennbar. So was erkennen nur wir als die aufgeklärten Führer der Klasse der Werktätigen des Inselvolkes. Nein, Genossen! Wir müssen das Volk mit einem außergewöhnlichen Akt der Friedenssicherung überraschen. Wir werden also unsere Armee nicht in Stellung bringen und auch keinen Schuss abgeben. Vielmehr werden wir den Frieden durch den Bau eines unüberwindlichen Dammes entlang des Grabens zu der feindlichen Insel retten!'

‚Aahh!', lobten die Herumsitzer, und ihnen fiel ein Stein vom Herzen. Denn sie wussten aus Erfahrung, dass auch diese ‚Information' des Ziegenbart, den Frieden der Welt retten zu müssen, frei erfunden war. Sie kannten die hohen Flüchtlingszahlen und die Gründe für das ‚Abhauen' sehr genau. Und sie wussten genau, dass sich keiner der Geflüchteten etwa ‚Verbrechern und Kriegstreibern' ausgeliefert hatte. Das erschien selbst den ideologisch vernagelsten Spatzenhirnen höchst widersinnig. Und sie wussten, dass viele der Enteilten zu den Urteilsfähigsten und Leistungsfähigsten und also zu den Besten der werktätigen Bevölkerung gehörten. Die fehlten jetzt. Die insgesamt verfehlte Politik und der stetig steigende Schwund von Leistungsträgern – nicht das Störfeuer der herrschenden Kreise von der anderen Seite – waren die Gründe für die Misere! Das alles wussten sie.

Doch sie waren nicht fähig, sich das einzugestehen und vor dem Ziegenbart offen auszusprechen. Und also fanden alle Mitglieder des großen Komitees diese ‚friedliche' Lösung gut. Den ‚gefährdeten' Frieden erhalten mit friedlichen Mitteln! Das könne man die Welt glauben machen, befanden sie, fassten, nachdem sie den größten aller Vorsitzenden dort weit im Osten von der Notwendigkeit einer solchen Friedenstat überzeugt hatten, einen entsprechenden Beschluss und zogen sich zurück auf ihre Datschen.

Doch irgendwie war es bis drunten ins tumbe Volk durchgesickert, dass das oberste Büro dort in der Hauptstadt etwas Unheimliches im Schilde führte. Keiner wusste etwas Genaues, aber alle ahnten Schlimmes. Alle spürten: Es geht gegen die Menschen im eigenen Lande! Das Ergebnis war, dass immer mehr Leute über den Graben sprangen – Tausende am Tag!

‚Kann das so weitergehen?', fragten sich die Nachdenklichen. ‚Und wie wird man diesen Strom eindämmen können?', lautete ihre zweite Frage. Bald war auch dem schlichtesten Gemüt im obersten Büro klar, dass das nur mit einer Abriegelung des Grenzgrabens zu machen sei und klatschten dem weisen Ziegenbart Beifall für seinen Einfall mit dem Kriegsfall.

Und dann malte man sich aus, wie denn derartige Hindernisse aussehen könnten, die niemand überwinden können dürfe. Man schaute auf die zahlreichen Gefängnisse im Lande und schlussfolgerte, dass die Absperrung des Grabens nicht ohne einen großen Wall, eine hohe Mauer und schon gar nicht ohne Stacheldraht denkbar sei. Andere wiederum dachten an die Konzentrationslager aus der Vergangenheit und meinten, dass es ohne Strom in diesem Draht nicht gehe. An dieser Stelle lief der oberste Sicherheitsbeauftragte der Spatzenhirne auf kreative Höchstform auf und blies seine Geistesfunken zu Flammenwerfern auf: ‚Genossen, ich sage Euch jetzt etwas, worauf nicht einmal die Erbauer der Konzentrationslager gekommen sind: Wir nehmen nicht nur Draht! Den kann man viel zu leicht durchschneiden. Wir nehmen gestanzte Metallgitterzäune! Die zerschneidet niemand! Daran montieren wir dann noch Selbstschussanlagen und verbinden sie untereinander mit Kontaktdrähten. Wer einen solchen Draht berührt, löst Schüsse aus – links von sich einen und rechts von sich einen. Damit aber der Flüchtende auch sicher getroffen wird, darf nicht nur e i n e Kugel pro Anlage abgefeuert werden. Das machen wir mit scharfkantigem Schrot. Das haut die Leute um, tötet sie jedoch nicht in jedem Fall. Und wer es dann noch versuchen sollte, auf die andere Seite des Grabens zu gelangen, der wird abgeknallt wie ein Bock, der zum Abschuss freigegeben worden ist.' Sprach's und nahm den erwarteten Beifall des großen Büros diensteifrig entgegen.

An einem schönen Sonntagmorgen erwachten die Menschen diesseits und jenseits des Grabens und hörten aus dem Radio des ersten Inselstaates auf dem Boden der Insel, dass soeben ein Bollwerk gegen den Krieg errichtet und der Frieden gerettet worden sei. Der Sieg über die Kriegstreiber auf der anderen Seite sei nun errungen.

Wenige Tage später hielt das oberste Spatzenhirn ‚Ziegenbart' eine Rede im Rundfunk mit eben dieser liebevollen und höchst einleuchtenden Botschaft: ‚Auch die Bürger der westlichen Insel sollten froh und glücklich sein, weil dieses Friedensbollwerk vielleicht auch dem Einen oder Anderen von ihnen das Leben gerettet hätte.'

Dies alles hörten auch die ‚herrschenden Kreise' von jenseits des Grabens und waren äußerst überrascht, aus dem Munde des Obersten der Spatzenhirne zu erfahren, was sie zu tun beabsichtigt hatten, was itzo vereitelt worden sei, von dem sie freilich bislang gar nichts wussten! Und ihres Wunderns war kein Ende.

Nun hatten die Spatzenhirne – allen voran ihr Vorsitzender – mit diesem größten Sieg in der Geschichte des ersten Inselstaates auf dem Boden der Insel auch noch die letzte Voraussetzung für den Wohlstand der Arbeiter und Bauern im ersten Inselstaat auf dem Boden der Insel vollendet. Nur, das dumme Volk war ja noch dümmer als sich das ein Spatzenhirn vorstellen kann. Denn: Wie konnte es dazu kommen, dass es trotz der begeisternden Ideen und Großtaten der Spatzenhirne nicht im höchsten Glücksgefühl aufging? Wie undankbar muss ein Volk sein, das die täglichen Darstellungen der überragenden Errungenschaften in den Gazetten und auf den Transparenten einfach nicht hinreichend zur Kenntnis nehmen und inständig loben wollte?

Da meldete sich das für die Jugend zuständige Mitglied des großen Büros zu Wort und sprach so: Das Volk sei zwar zu dumm, um die wunderbare neue Religion samt ihrer Heilsversprechen zu verstehen. Dennoch solle man nichts unversucht lassen, es zu bekehren. Jetzt, da der Friedenswall hoch genug sei, die Selbstschussanlagen dank der schöpferischen Arbeit der neuen Technikergeneration zuverlässig funktionierten und die Grenztruppen beispiellos wachsam seien, müsse man das neue Heil doch nicht mehr so primitiv und grob predigen wie bisher. Man solle vor allen Dingen den Jugendlichen in bestimmten Bereichen nicht mehr so ganz doll mit dem Holzhammer auf die Birne hauen, ihnen viel lieber feinen Sand in die Sehschlitze streuen. So könne man beispielsweise dem gesellschaftlichen Frohsinn sowie dem gesitteten Zusammenleben zwischen Jung und Alt sogar ein bisschen leise Unterhaltungsmusik von jenseits des Grabens unterlegen. Er könne sich vorstellen, dass das etwas brächte. ‚Mehr Ringelreih'n, Genossen! Weniger: ‚Alle mal herhören!', wenn ihr wisst, was ich meine', fasste er seine Idee zusammen. Dabei genüge es, wenn man nur noch die

Aufmüpfigsten in die Gefängnisse stecke, weil eh' niemand mehr weglaufen könne.

Doch sogleich widersprach Ziegenbart: ‚Halt, Genosse! Ist es denn wirklich so, dass wir jeden Dreck, der vom Westen kommt, kopieren müssen? Liebe Genossen, mit der Monotonie des ‚Yeah, Yeah, Yeah' und wie das alles heißt, – ja –, sollte man doch Schluss machen!'

Der Ideenreiche fühlte sich über die Maßen gemaßregelt. ‚Endlich mal ein populärer Lichtblick!', meinte er bei sich selbst, ‚und schon wird er abgedunkelt.' Ein besorgniserregendes Angstgefühl rötete seine Ohren, und die Furcht vor dem Verlust seines Sitzes im obersten Büro schnürte seine Kehle ab.

Da sprang ihm rechtzeitig der Opa für die Familienpolitik bei. Der hatte mehrere Enkel um die berühmten Teenagerjahre herum und wusste, wie deren jugendliches Begehr beschaffen war. Der fasste Mut und sprach: ‚Genosse Vorsitzender, ich gebe dir natürlich recht und bin völlig deiner Meinung. Aber irgendwie müssen wir etwas tun auf diesem Gebiet. Ich weiß das aus familiärer Erfahrung. Vielleicht sollten wir nicht alles erlauben, was von drüben kommt. Aber wenigstens ein bisschen von allem – so bei 40 %. Denn Westmusik kostet bekanntlich Gebühren, und die sind in Devisen zu entrichten, über die wir nur in homöopathischen Mengen verfügen.'

Der Opa für Finanzen bestätigte diesen Mangel mit einem hilfesuchenden Blick gen Himmel.

Wiederum nach intensivem Denken aller erbat der Kulturopa das Wort: ‚Genossen, ich sehe ebenfalls einen gewissen Bedarf an Frohsinn in unserer Gesellschaft und schlage daher vor, dass wir ein Kollektiv von Musikern und Tanzlehrern einsetzen, die einen lustigen Rhythmus und dazu einen hurtigen Tanzschritt erfinden – etwas, was zu unserer Gesellschaftsordnung passt und was die jugendlichen Massen begeistert.'

Das begeisterte jetzt auch alle Opas rund um den Tisch.

‚Und wenn wir dann diesen neuen Tanz geschaffen haben, können wir gern 40% aus dem Westen beimischen. Das wird den Zielen des Sozynismus nicht schaden. Im Gegenteil: Wir werden siegen, denn es bleiben 60% für die Liedchen aus eigener Produktion. Und wenn alles geschaffen worden ist, melden wir Rhythmus und Tanzschritte zum Patent an. Das bringt uns dann sogar fette Devisen ein', fügte der Kulturopa zukunftstrunken hinzu.

Ziegenbart hörte es mit Spannung. ‚Ein solches wegweisendes Patent muss natürlich einen einprägsamen Namen erhalten', meinte er. ‚Wir werden am besten einen neuen Begriff aus dem Namen meiner Heimatstadt Lipzick bilden. Und wir beauftragen auch gleich die besten Künstler aus dieser meiner geliebten Stadt mit dem Gesamtprojekt.' Dann fragte er den Wächter über die Finanzen, ob das mit dem Weltpatent aus devisenpolitischer Sicht machbar wäre.

Der sagte rundheraus: ‚Nein!'

‚Also machen wir das!', beschloss Ziegenbart. ‚Der Sieg des Sozynismus ist jeden Einsatz wert. 40% Dreck aus dem Westen gegen 60% zielbewusste Zuversicht und natürliche Heiterkeit aus der Kulturwiege des Sozynismus, das wird uns die Herzen der Jugend und aller Menschen zutreiben.'

Das beschloss das Büro und ließ es in die Tat umsetzen. Doch das Volk blieb stumm und wollte dieses Liedchen nicht singen. Es hörte wohl die Musik. Doch es wollte nicht tanzen.

Da versuchte man es mit dem Import weiterer Annehmlichkeiten von jenseits des Grabens: Man richtete Geschäfte ein, in denen derjenige, der in der glücklichen Lage war, im Besitz konvertierbarer Währungen zu sein, die schönsten Konsumgüter des Klassenfeindes erwerben konnte – all die Sachen, die das Volk in der Werbung des Westinsel-Fernsehens zur Kenntnis nahm, ohne es kaufen zu können. Doch nur wenige Leute von der Ostseite der einstmals ungeteilten Insel besaßen derartig verwendbare Geldscheine. Was lag da näher, als weitere Sonderläden einzurichten, in denen die Leute diese schönen Sachen in der eigenen Währung bezahlen konnten.

Mit unterdrückter Bitternis mussten sie dafür allerdings den dreifachen Preis entrichten.

So ging das mit den kapitalistischen ‚Luxusgütern'. Aber es ging genauso mit vielen Industriegütern. Man musste sie beim Klassenfeind kaufen, weil man sie selbst nicht oder nur in technisch überholter Form produzierte. Da man sich aber mit diesem Import über die Jahre hoch verschuldet hatte und auch der letzte Filzpantoffel, den die Ostinsulaner im Winter eigentlich selbst hätten tragen sollen, zur Bedienung der Kredite exportiert wurde, musste eine neue Idee her.

Ausgerechnet in dieser misslichen Lage setzte man Ziegenbart, den langjährigen Vorsitzenden, ab. Er war plötzlich leidend geworden. So jedenfalls gab es Erwin Hornacker, der neue Vorsitzende, seinem Volke kund, und er wolle nun alles viel besser machen. Doch wie jener, blieb auch er wacker der verbissenen Ideologie des Sozynismus verhaftet. Selbst das angestrengte Grübeln über den erstrebten Fortschritt des ersten Inselstaates auf dem Boden der Insel übernahm er von seinem Vorgänger. Aber er grübelte mit neuem Schwung! Und wie ein verarmter Beduine im Wüstensand sinnierte auch er tage- und nächtelang, wie er denn an die schönen Piaster kommen könne, deren es im Westteil Pareuos so viele gab.

Nun kennt man die Spatzenhirne schlecht, wenn man glaubt, ihnen würden keine Erleuchtungen zuteil, wenn sie darüber nachdenken, wie man an die Piaster der herrschenden Kreise von jenseits des Grabens kommen könnte, sintemal man sie so bitter nötig hatte. Denn zur Durchsetzung der weltgeschichtlichen Gesetzmäßigkeit des Sieges des Sozynismus kennt der wahre Kämpfer für den Fortschritt ‚keine Verwandten', wie es so schön im Volksmund heißt.

Da war es heraus, das Stichwort aus einer flapsigen Redensart des gemeinen Volkes: ‚die Verwandten'! Mit diesem Stichwort war die bislang größte Idee des neuen obersten Spatzenhirns geboren!"


Hier unterbrach Ramses seinen Redeschwung. Seine Zuhörer schauten ihn verwundert an, und einer fragte verständnislos: „Die Verwandten?"

Ramses trank sein Bier aus, das bereits ein wenig schal geworden war, schaute demonstrativ in die Runde und fuhr dann fort: „Ja, meine Freunde, die Verwandten! Und das kam so: Vor Zeiten wollte Erwin, das neue oberste Spatzenhirn, sein angetrautes Eheweib loswerden. Aber er durfte nicht. Denn sein Vorgänger, der Ziegenbart, gestattete ihm gerade noch das Sinnieren darüber, nicht aber den Vollzug des Ersonnenen. Er solle sich zusammenreißen, gefälligst die Gebote der sozynistischen Moral einhalten und ein Vorbild für das Volk sein. Der Gemaßregelte zog den Schwanz ein und hielt sich wohl oder übel an diesen Befehl – genau wie vor ‚tausend Jahren' ein gewisses Großmaul namens Göbels, der wegen desselben Begehrens von seinem Oberbefehlshaber, einem gewissen Hüttner, zur Raison gerufen wurde, ebenfalls wegen der Sicherstellung der Vorbildfunktion für's Volk. Und so behielt jener seine Magda bis zum gemeinsamen Lebensende, dieser jedoch hat die Seine bis heute, seine Margit – i gitt, i gitt! – und das nicht nur zu Hause im trauten Heim. Vielmehr sitzt sie mit ihm an der Schmatztafel der obersten Spatzenhirne und ist zuständig ausgerechnet für die Bildung der Inselbewohner des ersten Inselstaates auf dem Boden der Insel.

Doch der einstige Wille zum Loswerden eines unangenehmen Menschen klebte weiterhin fest im Hirn des neuen Vorsitzenden. Dieses frühe Begehren nun gebar die entscheidende Idee: Loswerden! Verkaufen! Verhökern! Was ihm hinsichtlich seines Eheweibes nicht vergönnt war, gelang ihm nun mit anderen Bürgern: Lästige Personen loswerden, Querulanten verkaufen, politisch Aufmüpfige verhökern! Das sollte flutschen, wenn man es richtig anfängt! Und alles gegen harte Piaster des Klassenfeindes, versteht sich! Von lästigen Individuen hatte man ja genug in den Gefängnissen und Irrenanstalten – politische und kriminelle.

Man begann den Handel vorsichtig, aber raffiniert. Der Klassenfeind biss an. Die Piaster begannen zu rollen. Man optimierte die Organisation der Abwicklung, legte Warenlisten an und besprach sie mit den Aufkäufern. Gemeinsam suchte man die zu transferierenden Personen aus, legte die Reihenfolge der Überführungen fest und verabredete die Höhe der

Zahlungen – bis sich eines Tages gewisse Schwierigkeiten ergaben: Die ewig gestrigen Aufkäufer wollten nicht alle Gefängnisinsassen haben, die ihnen angeboten wurden, zum Beispiel nicht die Mörder und Einbrecher. Sie erklärten sich lediglich bereit, allein solche Leute freizukaufen, die wegen ihres Unglaubens gegenüber der neuen Religion weggesperrt worden waren. Das war zwar auch eine ganze Menge, und die harten Piaster, die die Spatzenhirne dafür kassierten, gingen in die Millionen und taten ihnen wohl, so wohl, dass sie immer mehr davon haben wollten. Denn sie hatten die Weisheit der alten Römer wie sonst niemand verinnerlicht, dass nämlich Geld nicht stinkt, selbst wenn dafür die eigenen Landeskinder verkauft und die Piaster vom übelriechenden Erzfeind gezahlt werden.

Aber gewöhnliche Verbrecher mit harter Währung aus den Gefängnissen holen? Dafür wollten die Unterhändler von der anderen Seite ihre Finanzmittel nun doch nicht einsetzen.

Folgerichtig dachten die Spatzenhirne fieberhaft darüber nach, wie sie denn in den Genuss weiterer Wohltaten dieser Art kommen könnten. Der Denkeifer des obersten Büros vervielfachte sich mit der hastenden Verknappung der Haushaltsmittel, und alsbald gelang ein weiterer Durchbruch, welcher lautete: Warum nur Lebende verkaufen? Warum nicht auch Tote? Leichen gibt es in Hülle und Fülle! ‚Genossen‘, sprach Erwin, ‚bedenkt, wie viele Hinterbliebene froh darüber wären, wenn sie die verdrießlichen Bestattungskosten sparen und ihre Verblichenen mit Hilfe der Staatsmacht auf elegante Weise entsorgen könnten! Wir könnten sogar Prämien an die Leidtragenden zahlen, wenn sie ihre Toten den staatlichen Aufkaufstellen zur Verfügung stellen. Und, Genossen, wir könnten diese Maßnahmen sogar als Beitrag zur weiteren Mehrung des Wohlstandes unseres Volkes vor aller Welt verkaufen und rechtfertigen! Wohlstand für unsere Bürger durch Vermeidung von Kosten und nicht durch abzwackendes Zurücklegen von Teilen des Einkommens! Nun, Genossen', saarländerte der Vorsitzende, ‚wie hört sich das an?'

Die Genossen applaudierten heftig. Der Obergenosse fühlte sich, wie immer, bestätigt und entschied: ‚Wir werden einen weltweiten Leichenmarkt aufbauen, pietätvoll und inbrünstig werden wir es tun, und unübertroffen wollen wir darin sein!'


Jetzt wachten die Spatzenhirne erst richtig auf. Denn sie merkten, dass dies eine überbordende, ja die einträglichste aller Gewinnmöglichkeiten darstellte. Und je mehr sie dachten, desto klarer gestaltete sich vor ihren Augen die wonnetrunkene Zukunft, die man mit Hilfe dieser sprudelnden Piasterquelle aufbauen werde. ‚Was sich die Menschen über Jahrtausende erträumt hatten, kommt hier bei uns zum Ziel – jetzt, zu dieser Zeit, hier, in diesem Land!', so verkündeten sie es bei ihren Feiern, in ihren Gazetten, auf Transparenten, im Radio und im Fernsehen und wurden nicht müde, diesen Quark tausende Male zu wiederholen. ‚Wir bauen die perfekte Gesellschaft, das entwickelte und schließlich vollendete System des Sozynismus', plapperten sie. Und der diesen Weg erdacht hatte, der erhob sich selbst zum Genialissimus.

Doch geriet das eine oder andere Mitglied des obersten Büros in eine gewisse Verlegenheit. Man müsse bedenken, meinten die Nachdenklicheren, dass es in der westlichen Inselwelt Pareuos noch viele Inseln mit einer zum Untergang verurteilten Gesellschaftsordnung gäbe, die einem überholten Glauben und veralteten Verhaltensnormen nachhingen. Dort fühlten sich Staatschefs, Naturwissenschaftler, Philosophen, Künstler und andere wichtige Kreise einem höheren Gesetzgeber verpflichtet – Altgläubige eben, die die großartigen Vorhaben der Neugläubigen gar nicht verstehen würden und deshalb Anstoß an einem Leichenhandel nehmen könnten. ‚Wie soll man solche Leute zu Abnehmern dieser Produkte machen?', fragten sie in die Runde.

Und erneut fiel das gesamte Büro ins Grübeln. Und man grübelte viele Sitzungen hindurch über die Frage: Wie bearbeitet man Leute, damit sie nicht dahinterkommen, was wir ihnen zumuten werden?

Da meldete sich das halbwegs aufgeweckte und für die Devisenbeschaffung zuständige Mitglied Salkin Krokolowski zu Wort und trug vor, was er aus geschickt geführten Gesprächen mit mehreren

Politikern und Handelspartnern der Altgläubigen abgeleitet hatte: ‚Genossen!', hob er an, ‚wie ihr alle wisst, ist es ein brutum factum, dass wir vor dem Staatsbankrott stehen. Deshalb gibt es nur eins: Wir müssen – koste es, was es wolle – unter allen Umständen an die Piaster der Valutabesitzer herankommen. Auch ich sehe die moralischen Schwierigkeiten, die wir soeben angesprochen haben. Deshalb sollten wir vorerst noch nicht mit der Ingangsetzung eines Leichenhandels beginnen. Ich schlage vor, zunächst einen Handel mit Antiquitäten – vielleicht sogar mit Waffen aus unseren Arsenalen – aufzumachen. Bis der einen zufriedenstellenden Umfang erreicht, sollten wir einen Kredit vom Klassenfeind aufnehmen – so in Höhe einer Milliarde, besser zwei Milliarden Piaster. So peinlich, wie das ist, aber damit wären wir aufs erste gerettet. Und bedenkt: Wir hätten damit den Sozynismus gerettet – ausgerechnet mit den Piastern der Kapilisten. Seht, Genossen, das einmal so: Der Kapilismus finanziert den Aufbau und Fortbestand des Sozynismus! Eine phantastische Idee, finde ich! Ich habe bereits einen ganz wichtigen Kontaktmann hierfür gewonnen. Der aber fordert seinen Preis – keinen kommerziellen, einen politischen Preis!'

Die Genossen waren über den ersten Vorschlag beglückt, jedoch wegen des Ansinnens des zweiten entsetzt und baten den Krokolowski um weitere Erläuterungen.

‚Zunächst, Genossen', entschleierte der seine Ideen, ‚schlage ich für beide Piasterquellen die Gründung einer Arbeitsgruppe ‚Kommerzielle Kooperation (KK)' vor. Sie soll alles Notwendige planen und unauffällig für die Öffentlichkeit abwickeln. Ich habe in Absprache mit Erwin, im vorauseilenden Gehorsam gegenüber unserer Partei und in Kenntnis unserer gramgebeugten Kassenlage an Folgendes gedacht:

Erstens: Die Antiquitäten holen wir uns einfach von den Leuten, die wir sowieso in den Westen verkaufen. Wir werden also in Zukunft unsere Zustimmung zur Übersiedlung nach Westpareuo von der Überlassung derartiger Gegenstände abhängig machen. Die Kooperation mit Antiquitätenhändlern aus Westpareuo stellt keine Schwierigkeit dar. Ich kenne die Gemütslage dieser Leute: Sie entspricht genau der unseren: Sie fragen nicht, woher all die schönen Dinge kommen, die wir ihnen anbieten werden. Hauptsache, man hat sie, und man kann sie gewinnbringend weiter verhökern'."

„Asteriscus!", rief ein Student der Geschichtswissenschaften dazwischen. „Hatten wir das nicht schon mal vor ‚tausend Jahren' – Auswanderung von Juden nur gegen Überlassung ihres Vermögens an den Staat?"

Der Spiritus Rector stellte fest: „Du hast recht! Das ist tatsächlich eine erinnerungswürdige Parallele. Wer stimmt der Aufnahme dieser Parallele in unser Gedächtnis zu?"

Alle stimmten zu.

Daraufhin stellte der Spiritus Rector fest: „Also fügen wir auch diese Erkenntnis unserem Gedächtnis ein. Ramses, fahre fort."

Und Ramses fuhr fort:

„‚Zweitens: Die Geschichte mit dem Kredit ist ungleich komplizierter und birgt gewisse Risiken. Ich habe bei der erwähnten politisch hochgestellten und allseitig erprobten Person vorgefühlt und seine Zusage zur Mitwirkung erhalten – aber eben mit einer für uns riskanten Gegenleistung. Doch es wird uns nichts anderes übrigbleiben! Nehmen wir diese Milliarde, dann werden wir gegenüber dem Ausland wieder kreditwürdig sein. Nehmen wir sie nicht, dann folgt zwangsläufig die Zahlungsunfähigkeit unserer geliebten Republik, der wir über so viele Jahrzehnte hindurch all unser Wissen und Können geopfert haben!'

Die bedauernswerte Runde ließ die Köpfe hängen.

Endlich schaltete sich Erwin, das oberste Spatzenhirn, ein und offenbarte seine Kenntnis und interne Absprache über den von Krokolowski vorgetragenen Sachverhalt: ‚Genossen', sprach er, ‚ungewöhnliche Situationen verlangen ungewöhnliche Maßnahmen. Und ihr wisst, dass wir in der Vergangenheit bereits viele solcher Maßnahmen zum Wohle unseres Volkes getroffen haben. Denkt nur an die Errichtung des

Friedenswalls an unserer Westgrenze. Jetzt ist es erneut so weit, einen gewagten Schritt hin zum Sieg des vollendeten Sozynismus zu gehen.'

Da wagte ein Mitsitzer, die bemerkenswerte Frage zu stellen, was für eine brisante Gegenleistung eigentlich verlangt werde und wer diese ominöse einflussreiche Persönlichkeit sei, die uns so hochherzig helfen wolle.

Erwin erteilte Krokolowski das Wort, und der gab in unnachahmlicher Prägnanz bekannt: ‚Wir müssen alle Selbstschussanlagen abbauen und alle Mienenfelder räumen. Und der das fordert, wenn er für uns die Milliarde einfädeln soll, ist kein Geringerer als der König von Bayern, Nachfolger Heinrichs des Löwen auf selbigem Thron.'

Sprachlosigkeit reihum.

Jetzt Erwin, der Vorsitzende, in gewohnter Strenge: ‚Genossen! Ich habe beschlossen: Wir machen das! Wer ist dagegen?'

Niemand wagte, die Existenz der geliebten Republik und damit seine eigene zu gefährden.

Erwin stellte die Einstimmigkeit fest: ‚Also nehmen wir die Milliarde und zeigen mit dem Abbau der genannten Sicherheitseinrichtungen der Welt, wie unermesslich groß unsere Demilitarisierungs- und Friedensliebe ist.'

Und so geschah es.“

# V.

Erneut trat eine Pause ein. Ramses blätterte in seinem Konzept und bemerkte sodann: „Brüder des Stammes der Banu Murra! Bis hierhin habe ich beschrieben, was in diesem fernen Land geschehen ist. Es ist Geschichte. Es ist die Vergangenheit, deren unerträgliche Wirkungen die Menschen Ostpareuos bis zum heutigen Tage aushalten müssen. Wollt ihr nun noch hören, wie die Zukunft aussehen könnte, wenn die gleichen Typen mit ihrer überbordenden Sachkompetenz und derselben Ideologie auch in der weiteren Zukunft dieses Land beherrschen?"

Alle wollten.

Bis auf einen. Es war der Neue. Er erhob sich, verabschiedete sich mit der Bemerkung, er müsse noch für eine wichtige Klausur lernen und verließ den Raum.

Ramses ordnete sein Manuskript und sammelte sich. „Nun, Brüder, es sei!

Wie ihr euch denken könnt, ändert sich die wirtschaftliche und damit die finanzielle Lage der kleinen Insel Ostpareuos trotz des Milliardenkredits nicht. Die Bemühungen der Arbeitsgruppe KK laufen zwar auf Hochtouren, aber ihre Möglichkeiten sind begrenzt und ihre Bilanzen mager. ‚Mit dem Verkauf von Menschen und Antiquitäten allein kann man den Ruin einer Volkswirtschaft vielleicht verzögern, ihren Untergang jedoch auf Dauer nicht verhindern', so die zutreffende Meinung des Krokolowski im obersten Büro.

Da erinnern sich die Spatzenhirne an einen Vorschlag, den ihr Vorsitzender vor Zeiten einmal gemacht hatte, der aber vorerst auf Eis gelegt worden war: der weltweite Leichenhandel. Man erinnert sich allerdings auch an die Peinlichkeit, diesen ethisch-moralisch gegenüber den Westpareuos zu rechtfertigen und ihre eventuell aufkommenden Bedenken zu zerstreuen.

Und wieder beginnt das große Büro zu grübeln. Sollte man, oder sollte man nicht? Nach angestrengtem Grübeln gelang der Durchbruch: Angesichts der fortschreitenden Paralyse der Staatswirtschaft und der Staatsfinanzen bleibe nichts anderes übrig. Man m ü s s e ! Und wenn man müsse, dann müsse man auch die Rechtfertigung dazu finden. Und Erwin, der Vorsitzende, sprach so: ‚Wir werden so vorgehen, dass unsere künftigen Handelspartner erst gar keine moralischen Bedenken kriegen. Das heißt: Wir müssen unsere Verkaufsstrategie in eine den Gestrigen einleuchtende Vorstellungswelt einbetten. Soll getreu unserer wissenschaftlichen Lehre von Basis und Überbau heißen: Wir müssen den Leichenhandel als notwendige Voraussetzung für den wissenschaftlichen und gesellschaftlichen Fortschritt darstellen. Genosse Krokolowski, führe in die Problematik ein.'

Der hatte sich gut vorbereitet und mit dem Vorsitzenden abgestimmt. Er begann auftragsgemäß: ‚Bitte, Genossen, entschuldigt die folgende Bemerkung. Ich habe noch gewisse rudimentäre Erinnerungen an meine Konfirmation. Da kam ich auf die Idee, die überholten Auffassungen der Altgläubigen zu nutzen, um unser Tun zu begründen und zugleich das Unangenehme daran zu vernebeln. Ziel muss sein, die zu erwartenden Bedenken der Gestrigen zu zerstreuen und Scham und Scheu gar nicht erst aufkommen zu lassen. Anders werden wir ihre Kaufgelüste nicht wecken können. Ich sage es mal so: Wir müssen den Leichenexport als alles Dagewesene Überhöhendes darstellen und das damit zusammenhängende Tun in etwas an die Absolutheit Erinnerndes hüllen. Konkret schlage ich vor, dass wir jede Leichen-Transaktion mit einem schicklichen Ritual begleiten. Das wird deren Moralvorstellungen marginalisieren und ihre Bedenken zerstreuen. Kurz: Die Nabobs da drüben müssen den Eindruck gewinnen, dass gut und richtig ist, was wir mit dem Verkauf und sie mit dem Kauf unserer Leichen tun.'

Und mit diesem Einfall erscheint dem gesamten Büro nun auch der Export dieser ungewöhnlichen Ware in den Bereich des Machbaren gerückt. Wenn das gelänge, wäre alles rund. Jetzt glauben die Spatzenhirne, zu ihrem elenden Treiben auch die passende Verbrämung, das passende Mysterienspiel gefunden zu haben: Die weihevolle Leichenmesse.

Aber zuvor muss noch etwas Unumgängliches geleistet werden, nämlich die Schaffung der großen Liturgie dieser neuen Art der Totenmesse. Denn alles

Wesentliche – so kennen sie es von den altehrwürdigen Religionen – drängt zur Form.

Also setzen sie eine Ritualkommission ein. Und die erschafft, wie es sich gehört, zuerst den Introitus. Als der unter kräftiger Mithilfe des Genossen Krokolowski im Entwurf feststeht, soll eine erste Erprobung erfolgen.

Man legt Ort und Anlass fest: Die nächste Mustermesse in Lipzick.

In der Ausstellungshalle für medizinische Geräte und Materialien erscheint ein international angesehener Wissenschaftler – von Salkin Krokolowski aus dem Hintergrund misstrauisch und deshalb sorgfältig beobachtet. Der Gelehrte lädt interessierte Kollegen und Journalisten aus aller Welt zu einer Sonderdemonstration in einen der Nebenräume ein. Das erscheint zunächst nicht besonders kühn. Das kennt man auch von anderen Präsentationen. Auch der Demonstrationsraum sieht nicht anders aus als alle anatomischen Institute – weiße Kacheln, Abflüsse, Belüftungsanlage, in der Mitte ein Tisch, darauf eine Leiche. Der Wissenschaftler tritt heran, streift die Gummihandschuhe über, ergreift ein Skalpell, setzt es an und – jetzt das Überraschende – hält inne. Dann – die Zuhörer fest in den Blick nehmend – beginnt er voller Pietät und Innerlichkeit den Introitus der Messe zu zelebrieren:

*‚Verehrte wissenschaftliche Gemeinde! Interessierte Kaufmannschaft!*

*Wir stehen vor der sterblichen Hülle eines Menschen. Stimmen Sie mit mir ein in den Lobpreis: Du, homo sapiens, höchstes Wesen der Natur. Noch als Dahingegangener kostbar und also verehrt. Wir verneigen uns vor Dir!'*

Der Redner verneigt sich würdevoll. Die Dabeistehenden tun ihm gleich. Dann fährt er fort: ‚Der Mensch – das Höchste? Ja, bisher! Denn wir in unserem ersten Inselstaat auf dieser Insel planen, dass es weitergehen soll mit ihm – in eine andere Richtung als die, in die wir uns bis heute entwickelt haben. Und die Wissenschaft wird die Ausformung des neuen Menschen übernehmen. Die Evolution dauert uns zu lange. Wir nehmen das in die eigenen Hände und laden Sie ein, zum Gelingen dieses einzigartigen Vorhabens mit Ihren Mitteln beizutragen und sich selbst daran zu beteiligen.

Der Mensch, wie wir ihn bisher kennen, ist noch lange nicht am Ende seiner Entwicklung angekommen. Die Kapazitäten seines Gehirns sind noch längst nicht ausgelastet und können zu tausendfachen neuen Funktionen kombiniert werden. Das ist bekannt. Aber wir – und wenn Sie es wollen, auch Sie – werden ihn durch unsere Forschung umformen, ja umprogrammieren. Meine Herren, ich wiederhole:

umprogrammieren! Das ist die heilige Aufgabe unserer Gegenwart! Der Mensch, der in Zukunft sein wird, wird von dieser, von u n s e r e r Generation bestimmt werden. Wir sind dazu berufen zu entscheiden, wie der Mensch der Zukunft aussehen, was er denken und wie er handeln wird. Aber dazu brauchen wir eben die Menschen der Vergangenheit als Ausgangsmaterial für unsere Experimente. Dieser homo sapiens hier ist ein solcher. Er dient uns heute lediglich in den Hörsälen als Demonstrationsobjekt für unsere Studenten. Dort ist er lediglich ein seelenloses Objekt, das sein Opfer bringt auf dem Altar der wissenschaftlichen Lehre. Aber – und das ist der Schritt ins wissenschaftliche Neuland: Wir brauchen ihn künftig als aktiven Mitarbeiter.

Sie werden nun fragen: Wie kann ein Toter gleichzeitig tot und aktiv sein? Meine Herren, ich wage das prophetische Wort: Wir werden aus diesem toten Leib ein neues Leben, ein neues Sein hervorbringen. Wir wollen ein Leben schaffen, das nicht mehr als ,selbsteigenes Leben mit einem Bewusstsein von sich selbst' bezeichnet werden wird. Es wird ein Leben nicht mehr auf der Basis des Personalen sein, ein Leben frei von hinderlichen Emotionen, ein Leben weitgehend reduziert auf biochemische und mechanische Abläufe. Wir werden den Menschen sozusagen als den ,Urlebendigen' haben, den Menschen in einer chemischen Reinheit, die bislang nur in der Theorie vorstellbar war. Dies alles aus der Substanz des ,alten homo sapiens'! In dieser Reinheit der Neuschöpfung wird er unser aktiver Partner sein, der die Gesellschaft durch seine Reinheit neu formt. Und die Masse dieser so programmierten ‚Lebendig-Toten' wird dann eine Gesellschaft von Glücklichen sein.'

Der Redner verneigt sich erneut vor der Leiche und seinen Zuhörern, streift seine Handschuhe ab und spricht in soldatisch-steifem Ton: ‚Meine Herren, ich danke Ihnen für die Teilnahme an dieser Demonstration und für Ihre Aufmerksamkeit bezüglich der grenzenlosen Chancen für eine ‚Zukunft der beglückenden Horizonte.'

Indessen beginnen seine Assistenten Prospekte zu verteilen, die vom Ministerium für Hoch- und Fachschulwesen, Referat Medizin, zusammengestellt und vom Minister persönlich unterzeichnet worden sind. Auf Grund ihrer Omnipotenz erkennen westpareuische Journalisten – wie in vielen anderen Fällen – scharenweise die Großartigkeit der Stunde. Sie reißen den Assistenten die Prospekte aus den Händen und stürmen das Pressezentrum. Wenige Minuten später ticken die Fernschreiber in den Redaktionen der gesamten westlichen Inselwelt: Die Weltrevolution finde soeben statt! Aber sie komme ganz anders daher, als es die irregeführten und deshalb verängstigten Kleinbürger Westpareuos geglaubt haben. Sie komme als Revolution der Wissenschaft, als Revolution des Geistes, als humanitas activa omnium saeculorum. Ex oriente lux!

Auch bei den Wissenschaftlern und Kaufleuten der westlichen Inseln Pareueos macht die Eröffnung einer solchen Perspektive einen beträchtlichen Eindruck. Manche von ihnen vermuten sogar, dass dort in diesem ostpareuischen Lande die große wissenschaftliche Zukunft anbreche, loben dieses Vorhaben des kleinen Inselstaates als kühnen Wurf und versprechen, für eine gehörige Verbreitung auf ihren Inseln zu sorgen.

Den obersten Spatzenhirnen wird sogleich Kunde von solchen Meinungsäußerungen zugetragen. Die freuen sich diebisch, weil sie richtig gerechnet hatten: Die Politiker, Wissenschaftler, Künstler, Händler und Journalisten der westlichen Inseln sind unfähig, die politischen Implikationen des Handelns der Mitglieder des großen Büros zu durchschauen – bis auf einen: der Mann auf dem Throne Heinrichs des Löwen! Alle anderen verstehen nichts von Strategie und Taktik Iljanins, des größten aller Revolutionäre.

Und der Klüngel der Spatzenhirne stellt übereinstimmend fest: Teil 1 der Erprobung ist mit diesem Introitus der Totenmesse gelungen. Mit der Irreführung der Handelspartner und der Verbrämung des Ungeheuerlichen wird fortgefahren.

Jetzt gibt das oberste Büro der Spatzenhirne die Vollendung des Rituals in Auftrag. Die Kommission macht sich an die Arbeit und kommt ans Kyrie.

Dafür aber haben sie überhaupt kein Verständnis, denn sie wissen nichts von einem Gott, dem gegenüber sie verantwortlich sein sollten. Nach ihrer Religion machen sie immer alles richtig und brauchen demzufolge auch kein schlechtes Gewissen zu haben. ‚Also entwerfen wir auch nichts, was wie ein Sündenbekenntnis klingen könnte, und wir brauchen schon gar keinen Ruf nach Erbarmung.' ‚Dieser Teil des Altrituals wird ersatzlos übergangen', dekretiert der Vorsitzende. Die übrigen Mitglieder stimmen zu.

Dann aber das Gloria!

Der wortführende Liturg trägt seinen Entwurf, den er in emsiger nächtlicher Arbeit erstellt hatte, der Ritualkommission vor:

*‚Wir bestimmen die Fortentwicklung des Menschen. Wir lenken damit die Geschicke der Menschheit. Wir sind berufen zu entscheiden, wie der Durchschnittsmensch der Zukunft aussehen wird. Der Begriff homo sapiens als Bezeichnung für alle Menschen gehört der Vergangenheit an. Ziel ist, aus ihm den neuen Menschen herauszuexperimentieren und ihn als überwiegend empfindungsloses Subjekt vor uns zu haben. Wir wollen eine Art von Mensch entwickeln, deren Leben weitgehend auf das Animalische begrenzt ist, also ohne nennenswertes Bewusstsein von sich selbst, sprich: ohne Gewissen, eine Kreatur, deren Wesen allein biochemisch-physikalisch-mechanistisch erklärt werden kann. Dadurch werden wir den Menschen sozusagen in substantieller Reinheit vor uns haben, mit*

*einem Hirn zwar, aber ohne einen eigenen Willen, der von Belang wäre, einen Menschen also, der nicht in die ewig gestrigen ethischen oder moralischen Konflikte kleinbürgerlichen Denkens geraten kann. Er wird sich mit tiefergehenden Problemen nicht abgeben, ja derartige Gedankengänge als lästig empfinden und wird daher auch kritikunfähig sein. Er wird demzufolge auch die Pluralität des Denkens, der Überzeugungen, ja die individuelle Entscheidungsfreiheit als etwas Gesellschaftsfeindliches empfinden. Er wird zeugen, gebären und Werkzeuge herstellen können. Mehr aber nicht! Der künftige Mensch wird als der ‚Lebendigtote‘, der ‚vivimortuus‘, bezeichnet werden. Wir wollen ihn als Austauschbaren haben, der sich mühelos ersetzen und verplanen lässt. Das Denken obliegt allein den weisen Führern. Ehre, Lob und Preis den obersten Spatzenhirnen und der von ihnen gelenkten Wissenschaft.'*

Dieser Teil gefällt den Mitgliedern der Kommission außerordentlich, sehen sie sich doch mit diesem Zukunfts-Menschen aller Querelen und Aufsässigkeiten, die ihnen einige unbelehrbare Individuen aus den gegenwärtigen Volksschichten immer noch bereiten, ledig.

Text und Inhalt gefallen selbst dem großen Büro. Und so beschließt es auch diesen zweiten Teil der neuen Totenmesse.

Unterdessen arbeitet die Ritualkommission unermüdlich fort, und gewaltig strengt sie sich an. Denn an die nächste Stelle – so sieht es jedenfalls das Ritual der Messe der altehrwürdigen Religionen vor – muss etwas aus einer die neue Religion begründenden heiligen Schrift gesetzt werden. Man sucht lange, verwirft die Urschriften der Klassiker des Sozynismus und entscheidet sich: Ein kurzer Satz nur, aber durchschlagend und sehr gut geeignet, den Andächtigen in den regelmäßigen Systemfeiern in den Kopf zu hämmern, damit sie wissen, woran sie sind. Und so wird der großartigste Leitgedanke dieses Allergrößten und Verehrtesten aller Revolutionsführer, Iljanin, in dem neuen Ritual verankert:

*,Wir glauben nicht an eine ewige Moral*
*und entlarven alle Märchen über die Moral als Betrug.'*

Wort des größten Führers.

Dass dieser Vorschlag dem obersten Büro sehr gefällt, versteht sich von selbst."

An dieser Stelle unterbrach Ramses erneut seine Rede und nahm einen tiefen Zug aus seinem Glas. Niemand sagte ein Wort. Man hätte eine Feder auf den Boden fallen hören können. Ramses ließ die eingetretene Stille lange zu. Er merkte, dass sich in den Köpfen seiner Kommilitonen genau das abspielte, was er auszulösen beabsichtigte: der Aufbau von Fragen.

Endlich wagte Niels Bohr – so sein Spitzname, weil er Physik studierte und wie der eigentliche Träger dieses Namens mütterlicherseits jüdische Vorfahren hatte – zu sprechen: „Das soll der große Iljanin gesagt haben? Uns wird doch etwas ganz anderes gelehrt:

Iljanin, der Erhabene, der Unerreichte, der Unfehlbare! Sein Nachfolger, der Stuplin, sei doch der eigentliche Übeltäter gewesen. Aber Iljanin – ein Mann ohne Moral?"

„Ja! Und nochmals: Ja! Das war er! Ganz ohne Zweifel!", belehrte Ramses seine Zuhörer. „Mit dem Zeitpunkt seiner Machtergreifung 1917/18 setzte er tatsächlich um, was er vorher nur rhetorisch ausgeführt hatte: Macht erringen, ausüben und durch unerbittlichen Terror durchsetzen und verteidigen, das war sein ausschließliches Anliegen. Dies wollte er über die ganze Welt ausbreiten. Mir sind die Quellen dafür zugänglich gewesen. Ich war entsetzt über die ganze Wahrheit, die uns vorenthalten worden ist. Dazu", Ramses zog einen Zettel hervor, „habe ich mir einen weiteren Satz dieses Iljanin notiert. Hört seine Definition der Macht: Herrschaft ist – und jetzt wörtlich:

*,nichts anderes als*
*die durch nichts eingedämmte,*
*weder durch Gesetze noch durch allgemeingültige Regeln*
*beschränkte,*
*unmittelbar auf der Gewalt basierende Macht.'*

Ja, so war er, weil er glaubte, sich vor nichts und niemandem verantworten zu müssen – nicht vor seinem Volk und schon gar nicht vor Gott! Weltherrschaft mit allen Mitteln erlangen und verteidigen, das war sein Credo."

Nils Bohr warf ein: „Aber wohin soll das Ganze führen, wenn man beide Grundsätze des Iljanin aufeinander bezieht und dann sogar noch ernst nimmt?"

Der Märchenerzähler nahm Niels' Frage auf. „Ernst nehmen! Das ist das Entscheidende! Nicht allein zur Kenntnis nehmen, sondern auch das Implizierte erkennen! Nicht nur das Normale, sondern auch das Irrationale einbeziehen. Und beides zusammen bis zur letzten Konsequenz zu Ende denken! Ich jedenfalls bin dabei auf Erschreckendes gestoßen. Erschrecken über das, was kommen und sein kann, wenn man diese beiden Sätze des Herrn Uljanin ernst nimmt. Wer dies wagt, der kann keine noch so absurd anmutende Entwicklung mehr denken, die nicht wahr werden kann! Es kann alles sein, wenn man nur die Macht hat! Ich werde diesem Sachverhalt in meinem Märchen nachgehen – bis zur letzten denkbaren Konsequenz. Macht euch darauf gefasst!

Doch verlassen wir diesen kleinen, aber dramatische Erkenntnisse aufdeckenden Exkurs. Verfolgen wir, wie sich das Ritual der neuen Totenmesse fortentwickelt:

Im Verlauf der alten Messe folgt jetzt ein Lied. Das empfindet die Kommission als sehr nützlich. Könne man doch dabei etwas entspannen. Denn was man bis zu diesem Punkt der neuen Messe alles verdaut haben müsse, werde bei manchen Leuten über das Fassungsvermögen gehen.

Aber welches Lied solle man hier einfügen?, fragt man sich. Da meldet sich ein Musikpädagoge zu Wort und meint, vielleicht sollte man unterschiedliche Lieder vorsehen. An dieser Stelle könne man schließlich ein bisschen variabel sein – je nach Fall. Handele es sich zum Beispiel um eine Kinderleiche, könne man vielleicht ein feierliches ,Hänschen klein' singen. Handelt es sich um eine Oma, könnte man auf Gustav Langers ,Großmütterchen, Großmütterchen' zurückgreifen.

Doch diesen gut gemeinten Vorschlag lehnte die Kommission nach kurzer Diskussion ab mit der Begründung, dass das tote Hänschen eben nicht, wie im Lied vorgesehen, ,in die weite Welt' hineingehe, sondern in die absolute Verfügbarkeit der Partei der Arbeiterklasse. Die ,weite Welt' könne man sogar als Anspielung auf ein Jenseits missverstehen, und das gehe gar nicht. Und der Schmarrn von dem Herrn Langer sei ein frohgestimmter Ländler. Das sei völlig deplatziert.

Genauso erging es auch dem Vorschlag, die Internationale singen zu lassen, denn ,Wacht auf, Verdammte dieser Erde' im Angesicht eines Toten zu singen, könne zu Irritationen führen, weil ja Tote nicht auferstehen können.

Es folgt ein langes Suchen nach dem passenden Text. Man einigt sich schließlich auf

*,Brüder, zur Sonne, zur Freiheit'.*

Dieser Cantus sei auch bei einer großen Volkspartei jenseits des Grabens bekannt. Und wenn darin von einer lichten Zukunft die Rede sei, dann liege diese Zukunft eindeutig nicht im Jenseits, sondern hier auf dieser Erde. Eine lichte Zukunft durch Leichenhandel zu schaffen, entspreche schließlich genau dem Zweck des ganzen Vorhabens.

Das nun schlägt man den Letztentscheidern im hohen Büro vor, und genauso segnen sie es ab, weil ihnen auch nichts Besseres einfällt.

Lange überlegt die Ritualkommission auch über das, was in der Messe der Altgläubigen nun folgt: die Predigt. Hier hätten einige gern eine Ansprache über die Grundlagen des Sozynismus platziert. Das sei man doch seiner unfehlbaren und daher unbesiegbaren Lehre schuldig. Man streitet sich gründlich und grundsätzlich. Schließlich zollen alle dem konkreten Erfordernis Respekt, das sich aus der obstinaten Haltung der zahlenden Altgläubigen gegenüber den wissenschaftlichen Wahrheiten des neuen Glaubens ergibt, nämlich nichts Ideologisches aufzutischen. Der Vorsitzende formuliert das zielführende Argument, das schließlich alle überzeugt, wie folgt: ‚Genossen! Überlegt: Wir wollen ihre Geneigtheit gewinnen und nicht ihre Verstimmung provozieren. Wir wollen sie verführen und nicht verprellen. Piaster ohne Desaster, bitte sehr! Wir müssen – ich rufe es erneut ins Gedächtnis – in unserer wirtschaftlich und finanziell prekären Situation die Regeln Uljanins von Strategie und Taktik anwenden: Die Lage erfordert eine Zurückstellung selbst unserer heiligsten Grundsätze und Gefühle zugunsten des Erreichens des augenblicklich Notwendigen.'

Aber was solle man an die Stelle der Wortverkündigung in der Messe der Altreligionen setzen, wenn man denn seine heiligsten Grundsätze und Gefühle situationsbedingt nicht verkündigen darf?, fragt sich daraufhin die Runde. Der Vorsitzende macht es kurz und spricht: ‚Wir könnten denen ja mit der ‚friedlichen Koexistenz' kommen. So was schönes Friedfertiges hören die ja zu gern. Aber Vorsicht! Je mehr wir davon predigen, um so eher kommen sie uns drauf, was wir damit eigentlich bezwecken. Vorsicht also! Deshalb sage ich: An dieser Stelle machen wir nichts – wie schon beim Kyrie.'

Was sollten die Anderen da noch sagen, zumal keiner eine Lösung für den eingetretenen Fall der Quadratur des Kreises anzubieten hatte.

Und vorausschauend fügt der Vorsitzende noch an: ‚Genauso müssen wir auch mit dem Credo verfahren. Wir dürfen den Altgläubigen unser eigentliches Glaubensbekenntnis in der augenblicklichen Situation nicht vortragen. Wir könnten uns alles kaputt machen.'

Das Spitzenbüro der Spatzenhirne schnappte bei der Vorlage dieser beiden Vorschläge zwar verdrießlich nach Luft, sah aber schließlich die Notwendigkeit ein, so zu handeln, zumal sie alle fügsam glaubten, sich mit dieser Entscheidung der Zustimmung des erhabenen, leider seit langem verblichenen Uljanin gewiss sein zu können.

Nun aber fehlt noch ein würdiger Abschluss, vergleichbar dem, mit dem die Priester der Altreligionen ihre Schäfchen in die Alltagswelt entlassen: der Segen.

Sie denken und denken. Und je länger sie denken, desto wirkungsvoller reift die Erkenntnis, dass sie so etwas wie die verdammten Pfaffen nicht machen können – gar noch mit erhobenen Armen! Gleichwohl solle der Abschluss sehr feierlich und würdevoll arrangiert werden. Der Vorsitzende fügte in Erinnerung an seine Zeit als Messdiener noch hinzu: Hoch und hehr müsse der Abschluss ausfallen! Und freilich hätten sie es bei genauem Hinsehen ja viel schwerer als die Pfaffen. Die könnten alles auf das Schicksal und ihren lieben Gott abschieben. Sie hingegen müssten ein unwürdiges Geschehen würdig abschließen, wissend, dass alles pure Heuchelei sei. Man stelle sich vor: Eine geordnete und entsprechend präparierte Leiche vor Augen. Der Preis vom Käufer bereits entrichtet. Der tote Körper transportabel verpackt. Der Auftraggeber ungeduldig auf die Entlassung aus der Zeremonie und auf die Übergabe seiner Ware wartend. Der Motor des Kühltransporters vernehmlich angelassen! Wie soll man all das achtbar beschließen?

Da kommt ein Oberlehrer aus der Kommission auf die Idee, doch mal in Schillers Ode ‚An die Freude' nachzusehen. Das sei doch ein recht feierlicher Text. Vielleicht könne man da etwas Passendes finden. Der weise Musikpädagoge ergänzt, das sei in der Tat ein weihevoller Text, so weihevoll, dass kein geringerer als Ludwig van Beethoven seine 9. Sinfonie mit diesem Schillertext abgeschlossen habe. Und damit könne man gleichzeitig unterstreichen, dass das politische System des Sozynismus stets auf den Höhen des kulturellen Erbes der Nation wandle.

Über diese beachtliche geistig-kulturelle Hochleistung der beiden Kollegen wundert sich die gesamte Kommission sehr, stimmt dem Vorschlag zu und beauftragt ihren Vorsitzenden, sich doch diese Ode einmal vorzunehmen. Der gräbt sich zwei Nächte durch die eigenwillige Materie. Doch er findet nichts Passendes. Das sei alles zu abstrakt, zu idealistisch abgefasst und zum Teil sogar allgemein-religiös untermauert, teilt er seiner Kommission mit. Zudem sei die Sprache höchst altertümlich und alles eben schwer verständlich. Jedoch habe er eine Eingebung gehabt, wie man aus dieser Ode mit einigen geschickten Änderungen der vier letzten Zeilen vielleicht doch etwas Zweckdienliches für die Verkleisterung der delikaten Angelegenheit machen könne, schlägt seinen Notizblock auf und trägt vor, wie er den Schillertext in der letzten Nacht umgestaltet hatte:

*Kapitale Abschiedsstunde:*
*„Nützlich noch im Leichentuch!"*
*Partner! Dieser Losungsspruch*
*mache in der Welt die Runde!*

Mit diesem geänderten Text könne man, so meine er, vielleicht doch das Ritual in edler Einfalt und stiller Größe abschließen und die Handelspartner West-pareuos lauschig – gleichwohl getäuscht! – entlassen.

Die Kommission klatscht zufrieden Beifall. Alle waren sich sicher: Jetzt ist die Arbeit geschafft!

Bereits in der folgenden Sitzung stimmt das oberste Spitzenbüro der Spatzenhirne dem Gesamtwerk zu. Doch der Krokolowski, der die Ungeduld und Unrast der Westpareuos durch seine engen Kontakte zu ihnen kennt, gibt zu bedenken, dass das nun vorliegende Ritual zwar sehr schön, aber im Hinblick auf zwei Umstände wenig praktikabel sei:

Erstens sei es zu lang. Dies bei jeder einzelnen Warenübergabe zu zelebrieren, würde sehr bald zu Überdruss und Widerwillen bei unseren Handelspartnern führen. Das müsse auf jeden Fall vermieden werden, zumal er aus dem Umgang mit ihnen wisse, wie wenig sie die Längen ihrer eigenen religiösen Rituale mögen, und sei einer noch so fromm. Also müsse man dem bei ihnen geltenden unternehmerischen Prinzip des ‚Zeit ist Geld' Rechnung tragen.

Zweitens dann und obendrein enthielten die Texte nach dem Introitus zu offenherzig unsere grundlegenden Ziele. Das Piaster-Ziel sei ja sehr ordentlich verborgen worden. ‚Aber unser Ziel bezüglich der Beschaffenheit des neuen Menschen …? Genossen!‘, sprach er, ‚mit der Bekanntgabe dieses Ziels gehen wir gegenüber den Altgläubigen zu mitteilsam um. Damit liefern wir unseren politischen Gegenspielern geradezu den Beweis für das, was sie eh' schon von uns denken! Ich schlage daher vor, bei der Übergabe der Leichen lediglich den Introitus und die vier umgearbeiteten Zeilen von Schillers Ode zu zelebrieren. Das reicht. Das ist kurz. Das erquickt. Das überzeugt. Den Rest des Rituals sollten wir nur zum internen Gebrauch bei der Weiterbildung der mit dem Leichenhandel befassten politischen Kader verwenden. In diesem Fall könnte man dann auch wieder über den Einschub einer Ansprache nachdenken.‘

Das oberste Spitzenbüro der Spatzenhirne ist dem Krokolowski dankbar, auf diese Zusammenhänge aufmerksam gemacht worden zu sein, und setzt dessen Vorschlag als streng geheime Weisung in Kraft.

Und so erhalten der Leichenhandel des ersten Inselstaates auf dem Boden der Insel seine pseudoreligiöse Weihe und die Schulungen der politischen Kader ihre einlullende, gleichwohl höchst wirksame Suggestionskraft.

*Hierzu noch eine Anmerkung, meine Brüder: Wie ihr nach dem bereits Gesagten selbst schlussfolgern könnt,*

*lässt das oberste Büro nach diesen unübertrefflichen Er-*
*fahrungen für alle seine Feiern und Feste fleißig viele*
*weitere Rituale nach dem Vorbild der Altreligionen er-*
*stellen. Dass diese neuen Rituale zumeist aus*
*Weglassungen und stets aus Verballhornungen der alt-*
*religiösen Traditionen bestehen, stört Spatzenhirne*
*freilich nicht, weil sie glauben, auch hier etwas uner-*
*hört Neues und Fortschrittliches erfunden zu haben.*

Doch nun weiter im Text: Bald nach der Mustermesse
registrieren die Agenten und die Auslandsvertretun-
gen des ersten Inselstaates auf dem Boden der Insel,
wie überraschend einfach sich die einflussreichen
Leute Westpareuos auf den Schwindel der wissenschaftlichen, wirtschaftlichen und humanen Ideen
der Spatzenhirne einlassen. Die ersten Nachfragen
gehen ein. Jetzt gilt es, die Möglichkeiten des Marktes
voll auszureizen. Man beteiligt sich an Messen
überall in der Welt und veranstaltet eigene Sonder-
schauen – selbstverständlich mit dem ausgesuch-
testen Leichenmaterial. Für die weniger anspruchvol-
len Verwendungen, wie zum Beispiel zur
Demonstration in den anatomischen Instituten der
Universitäten und zur Herstellung von Seifen, bietet
man Massenware als Sonderangebote feil. Auf internationalen Konferenzen treten die besten Künstler
auf und demonstrieren aller Welt die ungebrochene
Kontinuität des sozynistischen Leichenhandels mit
dem kulturellen und humanistischen Erbe vorange-
gangener Epochen. Denn sie wissen genau, dass der
Westen Pareuos selbst die sudeligsten Gedanken und
Aktionen schleunigst toleriert, wenn sie wenigstens

ein ganz bisschen von humanistischem Gedudel begleitet werden.

Die Nachfrage steigt.

Inzwischen laufen die Erhebungen zur Bedarfsdeckung und die Planungen der technischen Voraussetzungen für die uneingeschränkte Lieferfähigkeit an. Kühlhäuser werden errichtet. Städte mit mehr als einem Hallenbad dürfen nur noch eines für die körperliche Ertüchtigung der Jugend vorhalten. Alle übrigen Badebecken werden mit Formalin gefüllt, um die Leichen aufzunehmen und die Konservierungs- und Lagerkapazitäten zu erhöhen. Allerdings hält die Arbeitsgruppe Statistik im Ministerium für Volksgesundheit letztere Maßnahme für kontraproduktiv, weil das nachgefragteste und deshalb die meisten Piaster einbringende Material eben der körperlich am besten gestaltete Körper sei. Und für die Körperertüchtigung seien die Schwimmbäder von größter Bedeutung. Die Abteilung Planung und Bilanzierung im Ministerium für Außenhandel wischt dieses Argument jedoch mit dem Hinweis auf die insgesamt hohe Nachfrage einfach vom Tisch. Die Sicherstellung der zeitnahen Auslieferung der Ware unmittelbar nach Eingang der Bestellung sei oberste Priorität.

Parallel dazu werden einschneidende Maßnahmen in Richtung der Bereitstellung des benötigten Exportgutes eingeleitet. Dazu gehört die Verabschiedung eines Gesetzes, welches die Todesstrafe wegen Beschimpfung eines Spatzenhirnes oder dessen Einheitspartei einführt. Das bringt Masse! Denn die Spatzenhirne wissen sehr genau, wie häufig das Volk solche Beschimpfungen ausstößt. Eine Verordnung regelt die Überstellung von Verstorbenen aus Gefängnissen oder Altersheimen an die zentralen Export-Sammelstellen. In einem Runderlass steht etwas über die ‚Zuführung Alleinstehender im Falle ihres Ablebens.‘ Eine geheime Dienstanweisung des Ministers für Volksgesundheit hebt die Strafverfolgung von ‚ärztlichen Kunstfehlern mit Todesfolge‘ auf. Ärzte erhalten die vertrauliche Weisung, entsprechend zu verfahren und angstfrei unter sozynistischer Uminterpretation des hippokratischen Eides ihre Pflicht zu tun. Im Übrigen seien nur noch solche Patienten zu behandeln, die die Gewähr für eine vollständige Gesundung böten und dem Produktionsprozess wieder uneingeschränkt zur Verfügung stehen werden. Entscheidend auf dem ‚Lebensmarkt‘ sei allein die ‚Lebensberechtigung‘. Und die bestehe in der uneingeschränkten Arbeitsfähigkeit des Einzelnen. Auf den Transparenten in Stadt und Land ist seitdem eine neue, den Lebenswillen der Ostpareuer ungemein beflügelnde Losung zu lesen: ‚Wer die Norm schafft, soll leben. Wer sie nicht schafft, hat selber Schuld!‘ Und weil darum viele ‚gehen‘ müssen, können im Ergebnis dazu zwei lästige Dauerprobleme der Sozialpolitik als gelöst gelten: die Krankenversicherungs- und die Rentenfrage.

Eine mitreißende Reihe von neuartigen Maßnahmen wird propagandistisch zusammengefasst unter dem Begriff der ‚flexiblen Lebensgrenze‘. Sie ist der Hebel zur Schaffung eines durchweg gesunden Volkes. Denn den Langzeitkranken oder gar den Pflegebedürftigen gibt es nicht mehr. Folgerichtig verbindet sich der natürliche Wille zum Leben mit der Angst vor Aussonderung und Tod. Und so entwickelt sich in dem verängstigten Menschen rasch ein entfesselter Wille zum Leben. Und der wiederum wird zum effektivsten Motor für Arbeit und Fleiß der Nation. Wer also sein Leben liebt, der gibt sich folglich der Arbeit auch gegen sein tatsächliches Befinden selbstlos hin, der verabscheut das Krankfeiern vergangener Tage und wird deshalb auch nicht krank, der reiht sich hingebungsvoll dem Ringen um die glorreiche Zukunft ein.

Allerdings wird insgeheim sichergestellt, dass die leitenden Spatzenhirne nicht unter diese Vorschriften fallen und damit nie in derartige psychische Bedrängnisse geraten wie das einfache Volk. Denn Spatzenhirne werden nicht krank, sind weder parasitär, noch werden sie senil. Sie werden lediglich weiser und dadurch unabkömmlich. Und wenn sie doch einmal eine Unpässlichkeit erwischt, dann haben sie sich – vornehmlich in den Krankenhäusern der Altreligionen – eigene Krankenstationen reserviert."

Ramses nahm erneut einen kräftigen Zug aus seinem Glas, schaute in die Runde und wartete auf eine Reaktion. Und just die kam aus dem Munde eines Ökomomen: „Das ist völlig undenkbar! So etwas

kann auch dem schlimmsten aller Regime nicht ange-
dichtet werden. Das würde ja den Übergang von
Orwells 1984 in Dantes Inferno bedeuten!"

„Und es kann doch!", antwortete Ramses. „Dante hat
es gewusst! Denn was er als Inferno beschreibt, ist für
ihn ein Abbild aller denkbaren Möglichkeiten
menschlichen Handelns auf dieser Welt! Deshalb
hört weiter:

Für Insassen von Irrenanstalten wird das Lebensalter
auf 20, das von Insassen der Pflegeheime auf 50 Jahre
begrenzt. Die infrage kommenden Personen werden
erfasst und einer anonymen Expertengruppe in der
Hauptstadt weitergemeldet. Die entscheidet nach
Aktenlage ohne Inaugenscheinnahme der Patienten.
Die Namenslisten gehen zurück an die Absender mit
der schlichten Bemerkung: ,genehmigt'. Und weil
dies ein Beschluss der höchsten zuständigen Instanz
ist, braucht augenblicklich niemand mehr auch nur
den Hauch eines schlechten Gewissens zu haben.
Also übergibt der Empfänger dieser allerhöchsten
Entscheidung – in der Regel der Anstaltsleiter – einem Pfleger oder einer Krankenschwester einen von
ihm geschriebenen Zettel, auf dem steht: ,Lieschen
Müller – genehmigt'. Die Tötungsart hat er lange zuvor selbst festgelegt. Wohlgemerkt: die Tötungsart.
Selbst getötet hat er natürlich niemals. Dafür hat er
seine Leute! Und daher bleibt sein Gewissen für alle
Zeiten rein!"

An dieser Stelle wurde Ramses erneut von einem As-
teriscus-Zuruf unterbrochen – eingeworfen von

einem Historiker, Bismarck genannt: „Halten wir die folgende Anmerkung fest: Die Tötung lebensunwerten Lebens geschah in der Diktatur des ‚Nationalsozynismus', und es war ein beispielloses Verbrechen, das nie wieder geschehen darf und wird."

Ramses widersprach: „Merke, lieber Bruder des Stammes der Banu Murra, der nationale Sozynismus ist nur eine besonders perfide Spielart aller weltanschaulich begründeten Diktaturen. Sie alle haben eins gemeinsam: die Zugrundelegung einer alleingültigen Ideologie. Wie diese im Einzelnen aussieht, ist einerlei."

Bismarck präzisierte daraufhin: „Dann sollten wir wie folgt definieren: Jede Geisteshaltung, die sich als alleingültig präsentiert und die Macht zu ihrer allgemeinen Durchsetzung besitzt, trägt das Potential des Verbrechens in sich."

Der Spiritus Rector stellte diese Definition zur Aussprache.

Der Theologe schlug vor: „Vielleicht sollte man nach Aristoteles hier ‚Potenz' und ‚Akt' genauer unterscheiden, etwa so: Jede Geisteshaltung, die sich als alleingültig präsentiert, trägt das Potential des Verbrechens in sich. Kommt eine solche Lehre zu unkontrollierbarer Macht, dann wird sie das Verbrechen legalisieren, realisieren und zugleich rechtfertigen."

Diese Formulierung trugen alle mit.

Daraufhin stellte der Spiritus Rector fest: „Also fügen wir auch diese Erkenntnis unserem Gedächtnis ein. Bruder Ramses, fahre fort."

„Danke! Ich schließe unmittelbar an das soeben von mir Vorgetragene an:

Als nächste Schritte werden alle Verhütungsmittel einschließlich der Pille verboten und Abtreibungen unter Todesstrafe gestellt. Der Geschlechtsverkehr für Mädchen und Jungen ab dem 12. Lebensjahr wird in den Schulen als Pflichtpraktikum eingeführt. Kinder, die unter diesen Umständen gezeugt werden, müssen ausgetragen, geboren und – wenn die junge Mutter nicht ausdrücklich widerspricht – der Exportverwertung zugeführt werden. Mit dieser Vorschrift – so die Verantwortlichen für die Erfüllung des Sonder-Staatsplans ‚Kinder-Leichenexport' – dürfte der errechnete hohe Bedarf an Kinderleichen gedeckt werden können.

Bei all diesen Maßnahmen stoßen die Planer unerwartet auf einen weiteren lohnenden Nebeneffekt: Man kann die meisten Friedhöfe im ersten Inselstaat auf dem Boden der Insel in absehbarer Zeit schließen! Sie werden nicht mehr gebraucht! Das Friedhofspersonal kann – weil eh' mit Leichen befasst – innerhalb weniger Tage auf Leichenexport umgeschult werden.

Doch für die Spatzenhirne ist gesorgt. Für sie wird der größte Friedhof der Hauptstadt Ostpareueos neu gestaltet und in den Rang einer nationalen Gedenkstätte erhoben. Sie erhält den Namen ‚Ehrenhain der

Allweisen'. Und das, weil schließlich sämtliche Generationen von Inselbewohnern aller künftigen Jahrhunderte immer wissen sollen, wo denn die genialen Spatzenhirne abgeblieben sind, die einst auf die genialste aller Ideen des vollendeten Sozynismus gekommen sind. Die Bezeichnungen ‚Friedhof', ‚Kirchhof' oder ‚Gottesacker' für die alten Ruhestätten im Lande werden verboten. An ihren Eingängen sind bis zu ihrer Einebnung Schilder anzubringen, wie sie der große Führer da ganz weit im Osten Pareuos an den Kirchen seines Landes anzubringen befohlen hatte: ‚arbeitet nicht'.

Aber wie das so ist: Wer etwas Zweckmäßiges und Praktisches im richtigen Leben durchführen muss, der lernt ungemein dazu. Der lernt manchmal sogar, dass die von ihm vertretene Theorie für die Praxis nichts taugt. So lernt in dieser Phase des internationalen Leichenhandels auch manch ein Spatzenhirn, bittere ideologische Pillen zu schlucken: Ein neuer, für die Vorstellungswelt von Spatzenhirnen ungewohnter Tätigkeitsbereich wird entdeckt: die Bedarfsforschung. Bei dem Begriff ‚Bedarf' dachten diese Alleskönner bisher ausschließlich an das, was der Mensch für ein bescheidenes Dahinleben braucht: an die ‚Waren des täglichen Bedarfs' nämlich, an Mischbrot und Bockwurst, oder an Arbeitsklamotten und Unterhosen fürs Volk, damit dies sein schlichtes tägliches Leben weiterhin fristen und fleißig arbeiten kann. Jetzt aber stürzen diese liebgewordenen Vorstellungen die Kellertreppe hinab wie weiland Oskar

Matzerath. Doch anders als jener wachsen die Spatzenhirne daran. Und sie lernen noch schneller von den Nabobs der westlichen Inseln, wie man so etwas macht. Was soll ich euch sagen? Man entdeckt auch die Werbung, die Bedarfsweckung und Bedarfssteuerung gegenüber den internationalen Abnehmern – alles ausgeklügelte Ausbeutermethoden, mit denen die Blutsauger der westlichen Inseln ihren Völkern die sauer verdienten Piaster aus der Tasche ziehen und in die eigenen Taschen lenken! Aber weil diese Methoden, wenn man sie als sozynistischer Alleswisser anwendet, dem angestrebten hohen Ziel, nämlich dem Sieg des vollendeten Sozynismus, dienen, sind sie qualitativ ja etwas ganz anderes als das, was die Nabobs ‚drüben' betreiben! Und man begreift augenblicklich noch etwas Weiteres, bislang Ungeahntes, nämlich die ökonomische Binsenweisheit, dass man investieren muss, ehe man Gewinne machen kann – eine bis dato als Geldverschwendung diskriminierte Vergeudung von Volksvermögen. Und so wird in dieses Segment der Außenwirtschaft investiert, was das Zeug hält.

Die schmerzhafte Kenntnisnahme der phrasenlosen Grundwahrheiten der Ökomomie und das verschämte Eingeständnis der Untauglichkeit, die Wirtschaft eines Landes mittels strangulierender ideologischer Bandagen lenken zu wollen, verlangen nun eine gründliche Uminterpretation alles bisher Gültigen bei gleichzeitiger Verteidigung der Wahrheit der sozynistischen Weltanschauung und der sich daraus ergebenden Fehlerfreiheit der Partei im Allgemeinen, des großen Büros der Spatzenhirne im Besonderen und ihres Vorsitzenden in aller Ausdrücklichkeit.

Das, meine Stammesbrüder, die ihr hier mit mir an unserem behaglichen Lagerfeuer sitzt, ist die eigentliche Quadratur des Kreises! Aber was tut man nicht alles, wenn einem das Wasser bis zum Halse steht? Man unterzieht sich der brutalen Notwendigkeit!

Doch man verspürt gewaltig, dass das, was zwingend getan werden muss, gleichfalls zwingend in die ‚wissenschaftliche' Geschichtstheorie einzuordnen sei.

Man denkt und denkt und findet schließlich die Berechtigung zu dieser Umformung alles bisher volkswirtschaftlich Gültigen in den Anfangs- und Folgejahren der Machtausübung der Revolutionäre des großen roten Oktober: Die hatten es in kürzester Zeit geschafft, mit ihrer Wirtschaftstheorie die eh' schon schwach besaitete Industrie als auch die wenig effiziente Landwirtschaft völlig zu ruinieren. Ergebnis: Das Volk darbte und hungerte. Und als diese Helden nicht mehr weiterwussten, da nahmen sie den Bauern einfach das Saatgut, ihre Kühe und Pferde weg und glaubten, damit die Versorgungslöcher stopfen zu können, die sie mit ihrer Ignoranz einfachster ökonomischer Erfordernisse gerissen hatten. Das zu erwartende Ergebnis war, dass die Bauern im nächsten Frühjahr zwar ihre Äcker bestellen wollten, aber nicht konnten. Die Konfiskatoren hatten ganze Arbeit geleistet. Hunderttausende verhungerten. Aber schuld waren nicht die Unfähigen. Schuld waren die Volksfeinde, genannt: Kulaken! Und Kulaken waren alle, die unbescheidenerweise so viel besaßen, dass sie sich und ihre Familien selbst versorgen konnten. Diese Volksschädlinge mussten nun ihrer gerechten Strafe zugeführt werden. Und die Jagd auf sie begann.

‚Tod den Kulaken!' Diese, vom obersten Führer Iljanin befohlenen Liquidierungen klappten blendend. Erschießen von hunderttausenden von Menschen – das konnten sie besser als Landwirtschaft und Industrie.

Und nun das Schizophrene daran: In dieser chaotischen Lage meinten die Versager, man könne vielleicht doch etwas lernen von diesen verhassten Kulaken und Industriellen, nämlich, dass man Gewinne erwirtschaften muss!

Da erfanden sie unter verschämter Zuhilfenahme kulakischen Brauchs eine neue Lehre und nannten sie ‚Die neue ökonomische Politik'. Und siehe da, es half tatsächlich ein bisschen. Dennoch, es blieb dabei: Die Kulaken waren und sind an allem schuld!

Und dann geschah dort etwas, was wir auch aus unserer jüngsten Geschichte kennen! Das bewusste Ausrotten der Klassen- und Volksfeinde durch Hunger. Hunger als Instrument des Tötens! Erinnert Ihr Euch?

Dort wie hier: Tote, Tote, Tote! Hier: Holocaust! Dort Holodomor!

Das also finden sie, wenn sie in ihre glorreiche Geschichte des Sozynismus zurückblicken!

Und so, wie ihre großen Vorbilder, machen es nun auch die Spatzenhirne der zweiten Generation auf der sozynistischen Insel Pareuos, stecken die alten und erfahrenen Kader ins Gefängnis und nennen ihr Rettungsprogramm ‚Neues Ökonomisches System der Planung und Leitung', das eine gewisse Öffnung in Richtung auf mehr Eigenverantwortung in der Industrie und Landwirtschaft festschreibt. Und um das den künftigen ‚Führungskadern' – den Studenten also – früh genug zu erklären, damit sie darüber keinen Unsinn, sprich: keine eigenen Gedanken entwickeln und verbreiten, streicht man flugs das eine oder andere Kapitel aus den Lehrbüchern für Politische Ökonomie (PolÖk) und fügt ein neues ein, das da lautet: ‚Die Neuinterpretation der sozynistischen Wirtschaftstheorie als Weg zum Sieg des Sozynismus'. Damit stimmt wieder alles: Was als Unfehlbarkeit nicht funktioniert hat, wird nunmehr in eine neue Form der Fehlerlosigkeit transformiert, an dessen Ende nach wie vor der Sieg des Sozynismus steht! Das ist – wie ihr vielleicht denkt – kein Rückzug. Das ist sozynistische ‚Wissenschaft' par excellence, das ist Fortschritt."

Wieder unterbrach Ramses seine absonderlichen Ausführungen. Er erwartete Widerspruch. Denn weil sich alle Studenten, ob Mediziner, Ingenieure oder Theologen mehrere Semester lang Vorlesungen in dem Glaubensfach ‚PolÖk des Sozynismus' unterziehen mussten, vermutete er, dass der Eine oder Andere doch gewisse Zweifel hinsichtlich der Wahrscheinlichkeit einer derartigen Demontage konstitutiver Elemente des Sozynismus äußern würde.

Und tatsächlich. Der Ökonom meldete sich und sprach: „Das kann nicht sein! Denn mit der Preisgabe derart wichtiger Bausteine der ideologischen Grundlagen würde man zwangsläufig das Fundament des gesamten Systems zerstören. Das können wir uns vielleicht wünschen, ist aber in Wirklichkeit ausgeschlossen! Sobald sich eine relative Besserung der ökonomischen Lage einstellt, wird sich das System von solchen Liberalisierungen wieder verabschieden. So ist es ja auch im Mutterland des Sozynismus geschehen. Denn Liberalisierung im Sinne von mehr Selbstverantwortung der Entscheidungsträger im weiten Lande untergräbt den Führungsanspruch der Partei. Deshalb noch einmal: Das kann und wird nicht sein!"

Auf diesen Widerspruch hatte Ramses gewartet. „Falsch!", widersprach er. „Mit dem Rücken zur Wand stehend, werden sie alles tun, um ihre Macht zu behaupten! Am leichtesten wird ihnen noch die Uminterpretation ideologischer Dogmen fallen.

Überlegt! Auf diesem Gebiet geht es doch nur um Theorie, und die ist eine Frage der Auslegung. Da wird einfach neu interpretiert, bis die Ideologie wieder stimmt. Das taktische Leitmotiv ist, das ökonomische Ziel zu erreichen – Ideologieanpassung zugunsten der materiellen Regeneration. So würde ich das bezeichnen. Das strategische Ziel, der Sieg des Sozynismus nämlich, bleibt unangetastet.

Was aber, wenn das Volk dieses Theater eines Tages nicht mehr mitmacht und sich gegen diese Art des Machterhalts stellt? Nun, Achtung! Dann stellt man einfach der reinen Lehre gemäß fest, das sei Konterrevolution. Und die benötigt keine Uminterpretation. Die steht fest: Konterrevolution ist alles, was die Macht der Spatzenhirne in Frage stellt. Und auf die reagiert man situationsangemessen, und das heißt, dosiert: Gegen die permanenten Vorläufer einer Konterrevolution helfen am besten Benachteiligungen jeder Art, Einschüchterungen, Gefängnisse und Irrenanstalten. Gegen die existenzbedrohliche Situation jedoch verpflichtet die Lehre die Niederschlagung der Konterrevolution mit allen Mitteln, und wenn es der Einsatz von Maschinengewehren und Panzern ist! Dann darf das Blut auch in Strömen fließen. Denn die Machtfrage ist – wie es den Einwohnern der kleinen Insel täglich eingebläut wird – ein für allemal gelöst! Ich bezeichne dies als ‚Hybris der geistigen Tölpel‘!"

Wieder hielt Ramses inne.

Da meldete sich ein anderer, etwas grüblerisch ver-
anlagter Theologe, ‚Schwarzerd' genannt, zu Wort
und sprach: „Asteriscus!"

Der Spiritus Rector nahm den Einwurf auf und
fragte, was an dieser Stelle Besonderes anzumerken
oder für immer festzuhalten sei.

Schwarzerd setzte zu einer weitschweifigen Erklärung an: „Um hinter die inneren Geheimnisse
bedeutender – positiver wie negativer – Phänomene
zu kommen, muss man radikal analysieren. Radix –
die Wurzel. Das heißt zunächst: Bei der Beurteilung
von Erscheinungsformen und Handlungsweisen ideologisch fixierter Systeme, gleich welcher Art, muss
man bis zu den Wurzeln hinuntergehen, bis dorthin
also, von wo aus sie gespeist werden. Ich verwende
einmal ein Bild aus der Natur: Die Pflanze. Von ihrer
Wurzel fließt der Lebenssaft in den Stamm und von
dort in die kleinsten Verästelungen hoch im Gezweig.
So arbeitet die Schöpfung. Von diesem Grundgesetz
weicht die Natur bei Strafe ihres Untergangs nicht ab.
Unterschiedlich ist nur die äußere Erscheinung der
Pflanzen. Zweitens dann spielt ihr Standort, das Erd-
reich, in dem sie wurzelt, eine folgenreiche Rolle.
Eine Pflanze, die auf nährstoffreichem Boden wächst,
wird kräftig gedeihen, gesunde Früchte tragen und
dem prüfenden Landmann helle Freude bereiten.
Hingegen wird eine Pflanze, die ihren Lebenssaft aus
vergiftetem Kehricht ziehen muss, ein kränkliches
Dasein fristen. An den Zweigen und Blättern solcher

Pflanzen wird das Gift, das ihre Wurzeln gezogen haben, dinglich sichtbar. Schon ein flüchtiger Betrachter wird unschwer die Verderbtheit der gesamten Pflanze feststellen. Doch der Wissende kann bereits aus der Prüfung des Grundes, aus dem sie keimt, auf ihr zu erwartendes Erscheinungsbild schließen. In Bezug auf die ideologisch fixierten Systeme urteile ich daher: Analysiere mit Sorgfalt den Geist, den sie ihren Systemen zugrunde legen. Denn bereits im stofflosen Urgrund offenbaren sich Weg und Ziel!"

Der Spiritus Rector dankte Schwarzerd und fragte die Runde: „Wer möchte etwas dazu sagen?"

Alle schwiegen. Nur einer drückte aus, was alle dachten: „Wir sollten Schwarzerds letzte beiden Sätze festhalten."

Und der Spiritus Rector deklamierte den ermächtigenden Satz: „Also fügen wir auch diese Erkenntnis unserem Gedächtnis ein. Ramses, fahre fort."


Ramses suchte nach dem Anschluss an seine Rede: „Wo waren wir stehengeblieben? Ja! Es ging um die umfassenden Ideen und Maßnahmen zur Abwendung des wirtschaftlichen Ruins. Also weiter: Im Ergebnis des neuen vorausschauenden Planens und Leitens der Wirtschaft erwartet man nun eine immer differenziertere Nachfrage nach dem Totenmaterial. Man schafft die wissenschaftlichen und ökonomischen Grundlagen dafür. So beschließt das oberste

Büro der Spatzenhirne die Gründung eines genetischen Forschungs- und Versuchsinstituts für die Züchtung von menschlichen Kreaturen mit Sonderproportionen. Um hier möglichst zeitnah an den Markt zu kommen, gibt man die Direktive vor, die natürlichen Wachstumszeiten im Schnellbrüterverfahren um das Zehnfache zu verkürzen. Den Bedarf für derartige ‚Neuschöpfungen' glaubt man, nach der Präsentation der ersten Exemplare recht schnell wecken zu können. Man ist sich auch sicher, dass in einem weiteren Schritt sogar Wunschanfertigungen möglich sein werden. Solche Sonderzüchtungen haben natürlich ihren Preis, und die Spatzenhirne wissen das, und die Westpareuos zahlen das – natürlich unter dem Vorbehalt, dass auch diese Ungeheuerlichkeiten wenigstens mit einigen humanitären Sprachschnörkeln verziert werden.

Im Stadium der beginnenden Differenzierung des Angebots wird sodann auch das Thema des Kleinteilbedarfs extensiv diskutiert. Die Studenten Westpareuos sollen zum Beispiel angeregt werden, zur Nacharbeit und damit zur Vervollkommnung ihres Wissens ihre Badewannen mit Formalin zu füllen, sich die Leichenteile zu beschaffen und dort aufzubewahren, die sie gerade in der Anatomie zu präparieren haben. Dafür werden in den Leichengroßmärkten aller Universitätsstädte Westpareuos Einzelhandelsabteilungen mit einem besonderen Service und speziellen Vorteilen eingerichtet, als da sind: Rabatte bei Abnahme von mindestens drei Gliedmaßen, die unentgeltliche Anlieferung bis in die Badewanne sowie die kostenlose Rücknahme und Entsorgung der bearbeiteten Reste. Damit diese wissenschaftlichen Chancen auch den sozial schwachen Studenten, die es ,natürlich' (!) bei den Nabobs zuhauf gibt(!), zuteil werden können, versucht die Regierung des ersten Inselstaates auf dem Boden der Insel, die westlichen Regierungen dazu zu bewegen, die Preise für dieses Handelssegment zu subventionieren. Diese Absicht wird natürlich im Vorhinein weltweit publiziert, wodurch für die innerbords der westlichen Insel positionierten ,Kämpfer für den Fortschritt' der Beweis für die unerreichte soziale Wärme der ostpareuischen Lehre erbracht ist.

Im Kontrast zum Kleinteilverkauf erreichen auch Totalräumungsverkäufe eine große Bedeutung. Zwar wird dabei – man macht es wie die Nabobs – auch von den Sozynisten zumeist billige Massenware angeboten. Aber bei dem tonnenweisen Absatz pro Aktion kann der Gewinn noch immer als befriedigend bezeichnet werden.


Ein Teilziel der Angebotsdifferenzierung bildet das Projekt ,Homo-Nes'. Dem werden außergewöhnliche Gewinnaussichten vorhergesagt. Es handelt sich dabei um die Granulierung und die Pulverisierung einzelner Organe oder einer ganzen Leiche, aus denen beliebige Formen menschlicher Körperteile revitalisiert werden können. Allerdings ist für die technische Realisierung ein bedeutendes Fachwissen erforderlich. Das hat man nicht. Hinzu kommt die

Notwendigkeit, spezielle Gefriertrocknungsanlagen aufbauen zu müssen. Denn – und das merken die Planer sehr schnell – die alte Krematoriumstechnologie ist dafür ungeeignet. Die erforderlichen Anlagen aber kann man nicht errichten, weil die Patente dafür irgendwo in irgendwelchen Nestern in den Bergen des höchsten Gebirges Pareuos liegen. Daher wird der gerissene Krokolowski beauftragt, mit den Nabobs hinter den hohen Bergen in Lizenzverhandlungen einzutreten. Und siehe, er schafft es!


All diese Ideen gelten als schlechthin revolutionierend. Denn sie gestalten sowohl das gesamte wirtschaftliche als auch das soziale Leben um: Die öffentliche Verwaltung wird schlanker, wovor einige Spatzenhirne riesige Ängste bekommen. Denn die kennen ihre Überflüssigkeit wegen ihrer Lancierung auf die lukrativen Posten durch die Partei sehr genau.

Nehmen wir zum Beispiel die Ministerien. Im Ministerium für Volksgesundheit werden zwei neue Arbeitsbereiche eingerichtet: die Referate ‚Selektionskontrolle' und ‚Lebensbegrenzung'. Alles Übrige wird erbarmungslos zusammengestrichen, weil sich das Volk selbst gesund erhält – eben aus Angst vor der Selektion und der flexiblen Lebensgrenze. Da auch der ohnehin lahmende Wohnungsbau, einschließlich des Krankenhaus- und Altenheimbaus, überflüssig wird, löst man das Bauministerium bis auf die Abteilung ‚Sonderbaumaßnahmen' auf, in deren Zuständigkeit nur noch die Bauten ressortieren, die mit den neuen wirtschaftlichen Erfordernissen zusammenhängen. Im kommunalen Bereich können die Verwaltung von Altenheimen reduziert und die Friedhofsverwaltungen im Laufe der Zeit ganz wegfallen. Weiteren fortschrittlichen Ideen sind keine Grenzen gesetzt.

Aber es gibt auch einen Verwaltungszuwachs, zum Beispiel im Ministerium für Häfen und Schifffahrt. In seinen Zuständigkeitsbereich fällt die Umrüstung der Trawler in Kühlschiffe. Denn der Export der Ware nach Übersee verlangt einen frischhaltenden Transportraum. Auf der Rückfahrt werden diese Kühlschiffe dann für den Transport von Bananen verwendet, die es bislang in Ostpareuo nicht gibt und die man sich nun erstmals leisten kann. Erweitert wird auch das Ministerium für die Chemieindustrie um die Abteilung ‚Humankonserv'. Hier arbeiten insbesondere Diplom-Humankonservatoren und Diplom-Nekrochemiker, die die Überwachung der Entwicklung von chemischen Konservierungsstoffen und des Projekts ‚Homo Nes' übernehmen. Erweitert wird auch das Ministerium für Außenhandel um die Referate ‚Gewinnmaximierung' und ‚Devisen', in deren Folge die hier geführte Devisenkasse wegen der überbordenden Erwartungen ein eigenes Gebäude erhält.

Nun, Freunde und Brüder des Stammes der Banu Murra, lasst es genug sein dessen, was man für die Zukunft Ostpareuos erwarten muss, wenn niemand dieser denkbaren Entwicklung Einhalt gebietet. Nur zwei Dinge noch als Nachtrag, damit ihr die Feinheit,

Hygiene und Sauberkeit der Vorgänge erahnen und die hohe, unvergleichliche Sorge der Spatzenhirne um die Würde des Menschen recht einschätzen lernt.

Zuerst: Ihr habt euch vielleicht gefragt, wie man wohl mit den vielen Leichen, die in den Stadtbädern in Formalin oder in den Kühlhäusern liegen und in den Häfen umgeschlagen werden, umgeht. Ich will es euch sagen: bestens! Die Lagerhaltung ist vorbildlich, die Behandlung vor dem Versand unübertroffen. Aus den Kühlhäusern und den Formalinbädern gelangen die Leichen ferngesteuert über ein mit Schaumgummi beschichtetes Fließband in die Waschanlagen. Alles bleibt selbstredend steril. Lebende Menschen sollen deshalb so wenig wie möglich eingreifen müssen. Rotierende Bürsten, medizinische Reinigungsmittel und anschließend keimfreies Wasser sorgen dafür, dass die höchsten hygienischen Anforderungen sichergestellt sind. Von hier aus geht es in die Trocknungsanlage. Nach mehrmaligem automatischen Wenden der Leiche im sanften Föhnstrom ist alsdann der technische Teil des Durchlaufs beendet.

Sodann beginnt die Handarbeit: Darunter verstehen die Aufseher dieses Fertigungsbereichs – in der Regel Diplom-Nekrologen – die aufwändige Aufbereitung und Verkaufsfähigmachung des Exportgutes. Hier arbeiten Menschen mit völlig neuen und zum Teil künstlerischen Berufen, wie zum Beispiel Nekrokosmetiker, Nekrokeralogen und Nekrocoloristen. Und die hier arbeiten, sind überwiegend weiblichen Geschlechts, was dem Argument der Sozynisten von der

Gleichberechtigung der Frau in ihrem Herrschaftsbereich außerordentliche Glaubwürdigkeit verleiht. Und sie arbeiten unter strenger Aufsicht so lange an jedem einzelnen Stück, bis es so aussieht wie im richtigen Leben. So verlangen es die devisenträchtigen Abnehmer. Zum Schluss kommt ein Nekrokonservator daher, übersprüht das fertige Stück mit einem fein duftenden und zugleich konservierenden Elixier und überwacht die fachgerechte Verpackung, die wiederum von hochqualifizierten Handelsfachpackern ausgeführt wird. So kostbar sind den Spatzenhirnen ihre verblichenen Landeskinder. Und deshalb glauben sie, die herrschenden und verleumderischen Kreise Westpareuos durch beste Arbeit und höchste Qualität von der Dignität der Idee des Sozynismus und ihrer Verwirklichung und demzufolge vom wahren Fortschritt überzeugen zu können. Und ich sage voraus: Je länger sie das behaupten und je gefälliger sie sich den Westpareuos andienern, desto sicherer werden diese auch den geistigen Müll einer solchen Ideologie tolerieren.

Als Zweites noch folgende Bemerkung: Die Spatzenhirne werden in der letzten Phase ihrer Machtbehauptung auch das Problem der Ungläubigkeit der Massen gegenüber der Ideologie des Sozynismus lösen: Jedes verstockte und unbelehrbare Individuum erhält die Chance, sich von seinem Unglauben zu ‚entsühnen'. Wer also bis zu einer festgesetzten Frist nicht zu dem neuen Glauben übergetreten ist, wird in eine Entsühnungsanstalt gesteckt, wo er aus freien Stücken und in beglücktem Zustand seinen Körper der großen Idee von der Befreiung der Menschheit durch die Klasse der Spatzenhirne opfern darf. Die Selbstopferung wird vollzogen von Fachärzten für Entsühnung. Für diese Facharztausbildung kommen natürlich nur Absolventen mit höchstem humanitären Verantwortungsgefühl infrage. Und wegen dieser staatstragenden Tätigkeit erhalten sie als besondere Belohnung ein ‚freies Konto'. So hat man keine Schwierigkeiten, für diese Ausbildung eine hinreichende Zahl von Bewerbern zu gewinnen. Hier paaren sich reibungslos humanste Gesinnungen mit dem Einheimsen unbegrenzter Zahlungsmittel. Übrigens: Die Entsühnung erfolgt selbstverständlich schmerzfrei, worauf das oberste Büro höchsten Wert legt, damit die herrschenden Kreise von jenseits des Friedenswalles nicht etwa auf die Idee kommen, hierin einen Verstoß gegen die Menschenrechte zu …se…hen."

An dieser Stelle bremste Ramses seinen Redefluss und begann zu stottern. Denn er spürte, wie sich eine schwere Hand auf seine Schulter legte und eine schneidige Stimme bellte: ‚Mitkommen! Sie sind verhaftet!'"

Der Märchenerzähler hatte im Gefängnis viele Jahre Zeit, darüber nachzudenken, was er falsch gemacht hatte beim Einkleiden der Wahrheit in ein Märchen. Nach der Hälfte seiner Haftzeit hatte er es herausgefunden: Er hatte sein Märchen nicht im Lande der Wüste, sondern in einem wüsten Lande erzählt.

Und: Sie hatten einen falschen Freund an ihrem Tisch sitzen.

# Gedichte

# Am Anfang des Weges

Seiner Enkelin Rebecca ins Poesiealbum geschrieben


Nun öffnet sich das weite Feld des Lebens.
Betritt es mutig und mit heiter'n Sinnen,
so wirst Du seinen Fluren abgewinnen
die inner'n Kräfte ihres Früchtegebens.

Erwarte viel. Doch sei mit Wenigem zufrieden
und wisse, dass der Horizont der größten Fluren
längst nicht begrenzt das Ende Deiner Wandertouren.
Hinüber schau! So ist Dir volles Glück beschieden.

# Zu Hause

Getrieben von der Macht der Macher
durchjagst du deine Tage ohne Rast.
Und täglich tust du, was du letztlich hasst:
Wetteifern, Buhlen und Geschacher.

„Erfolgreich sei!", wirst du getrimmt.
Die Zeit diktiert dir dein Verhalten.
Was kümmert dich der Rat der Alten!
Zu siegen bist du vorbestimmt!

„Du hast das Recht", lehrt dich die Welt,
„zu nutzen deine Ellenbogen
wie ein Gefall'ner seine harten Drogen,
und tu es rasch, denn Zeit ist Geld."

Wie sicher bist du, folgst du jenen Sprüchen,
die keine Wahl dir lassen, wie es scheint?
Gibt's nichts in dir, was wesenhaft verneint
den Geist der Zeit, der schnell verblichen?

Halt' ein und zweifle! Prüf' das ‚Zweifelsfreie',
bevor du einstimmst in den Chor der Toren,
der Eiferer und Meinungsdiktatoren,
und dämpfe alle die Verführungsschreie.

Halt' ein, so du ein eig'nes Haus dir baust
aus eig'nem Denken, eigenem Empfinden,
und setz dich ab von nieder'n Zeitgebinden.
Frag nach dem Hohen,
wenn schon dem Höchsten du nicht traust.

Und bist du so zu Hause, erbaust du andre Welten.
Die Hast der Macher ist dann nicht dein Eigen.
Gelassenheit in Kraft kannst du jetzt zeigen,
bezeugen frei, dass bessere Gesetze gelten.

# Suchen und finden

Lob der Freimaurerei

Ich suchte mich und konnt' mich lang nicht finden,
bis ich die Stille fand und ihre Kraft.
Es fielen ab von mir der Augen Binden:
Ich bin es, der das Gute schafft!

Nun auf, mein Freund, sagt mir die inn're Stimme,
geh deinen Weg, doch geh ihn nicht allein.
Such´ gute Freunde, die mit dir das Schlimme
der Welt bekämpfen und dir Mut verleih'n.

Es zieht mich hin zu denen, die ich liebe,
die mir entgegenbrachten Geist und Herz.
Drum werde stille, Seele, in dem Weltgetriebe:
Du wirst getragen auch im größten Schmerz.

# Des Maurers Dank

Das Leben des Freimaurers

Weisheit ist des Maurers Streben.
Stärke sichert seinen Gang.
Schönheit sucht er zu erleben,
und Geben ist des Maurers Dank.

# Geister, die sich niemals irren

Besonders zu bedenken am Tag der deutschen Einheit

Der dreist verlog'nen Geister Plappern
    vernehm´ ich noch und hör´ sie wieder.
Fühl´ wieder Angst, der Zähne Klappern,
    Erfrieren meiner Kinderlieder.

Der frech verlog'nen Geister Taten
    ertrug ich einst und trag´ die Narben
an Geist und Seel´. Und wieder nahten
    die Erben in den alten Farben.

Nein! Nochmals Nein! Und niemals wieder
    vertrau Dich jenen an, die sich nie irren.
Hör hin genau: Sie singen Totenlieder.
    Durchschau´ die Kunst, Dich zu verwirren.

Schau in Dich, bis Du Dich gefunden.
    Schau um Dich, finde wahre Brüder.
Schau über Dich und wertgebunden
    vertreib' die Geister, ring' sie nieder!

# Die gute Nacht

Bei Sonnenuntergang vorzutragen


Nun sinkt dahin des Abends rote Pracht.
Mein Herz, sei fest! Erforsche in der Stille
des großen Baumeisters der Welten Wille
und werd' gewiss: Du findest eine gute Nacht.

Die Nacht – bedeckend Dich, wenn alles Stürmen
verstummt, entschlafen scheint der Welten Fülle –
birgt Macht, zu leiten Dich aus dunkler Hülle
ins Rot des Morgens von des Himmels Türmen.

Und spürst Du jene Nacht herniederkommen,
an der begrenztes Denken endlich ganz zerbricht,
vernimm die Glocken, schau das lockend Licht.
Dann schließ die Augen. Du bist angekommen.

# Trost im Tode

Ich liebte das Leben.
Nun hat ER genommen,
was einst ER gegeben.

„Geh aus!", hab' einst ich vernommen.
„Komm wieder!", spricht huldreich ER eben.
„Nimm wahr: Du bist heimgekommen!"

# Der Siebziger

Der Mann ist nun Siebzig
und wähnt sich am Ziele.
Ein Glück nur, er übt sich,
bekämpft das Senile.

Der Mann ist nun Siebzig,
schaut kurz nur zurücke.
Das Künft'ge ergibt sich
aus höherem Blicke.

Der Mann ist nun Siebzig,
geht bald auf die Reise.
Im Hier er bemüht sich.
Im Dort wird er weise.

# Freiheit

Überarbeitung der Erstveröffentlichung in: Bodo Uibel:
„Fünf-Minuten-Geschichten" Teil 2


Deutschland! Lernunwilliges Land?

Über Jahrhunderte hinweg warst du zerlegt
    in Klein- und Kleinststaaten.
Was hast du daraus gelernt?

Mein Herz sträubt sich,
    die Gesamtlänge deiner Grenzen zu errechnen,
    dazu die Zahl der Zollstationen.
Die mannigfaltigen Maße, Münzen und Gewichte
    beschränkten dein Wirtschaftsleben,
    und deine fleißigen Handwerker und Kaufleute
    ächzten unter dieser Last.
Doch deine Herrscher verteidigten ihre Macht
    wie Löwen ihre Beute
    und verhökerten aus Raffgier ihre Landeskinder
    an fremde Mächte.
So klein sie auch waren,
    zum Kriegführen untereinander standen sie bereit,
    zur Mehrung der Macht setzten sie zügellos das
    Leben ihrer Untertanen aufs Spiel.

Und dann erlebtest du Jahre der Hoffnung,
    wenige nur.
Was hast du daraus gelernt?

Mein Deutschland!
Du besaßest Eliten an deinen Universitäten
    unter den Professoren und Studenten!

Voller Hoffnung brachen sie auf
   zum Fest auf dem Berge,
   in den Händen die Fahne der Einheit
   in Schwarz, Rot und Gold.
Dir sangen die besten Komponisten das Lied
   von den Rechten der Menschen,
   das Lied von der Freiheit,
   ohne die Gesetze nichts taugen.
Gleichwohl blieb ein Traum,
   was deine Eliten ersehnten.
   Was ist geblieben?
   Allein die Idee der Freiheit, die sie gesät!

Es kamen die Jahre der versäumten Bewährung und
   der Tag des Usurpators.
Wirst du etwas lernen daraus?

Gedenke deines Versagens,
   als du folgtest dem Geifern des Verführers,
   der versprach dir die Freiheit,
   wenn du ihm nur huldigtest.
Verdränge nichts!
   Denn  d u  hast ihn gewählt
   in freier, gleicher und geheimer Wahl!
   Und in einem demokratischen Verfahren
   kam er zur Macht!
Eine verfassungsfeindliche Partei
kam durch demokratische Wahlen zur Herrschaft!
   Lerne: Eine demokratisch gewählte Partei
   ist noch lange keine demokratische Partei!
Gebüßt hast du dafür, Deutschland,
gebüßt bis aufs Blut von Millionen!

Drum lerne, Deutschland!
Lerne, Deutscher! Lernt, ihr Deutschen!

Gelegenheit zum Neuanfang wurde dir geschenkt –
    unverdient.
Und was wirst du damit anfangen?
Glaube ja nicht, dein Neuanfang
    sei ein einmaliger Vorgang gewesen, vergleichbar
    dem Start des Läufers in der Kampfbahn.
Freiheit, Recht und Menschenwürde
    müssen zu jedem Augenblick neu errungen,
    neu in Kraft gesetzt und täglich verteidigt werden.
Andernfalls verkümmern sie zu einem
    geringgeschätzten Muster ohne Wert,
    und arglistige Kräfte fegen das Unersetzbare dann
    auf den Müll der Geschichte.
Sei dir bewusst:
Wer Freiheit als Selbstverständlichkeit gering achtet,
    hat ihren Verlust
    in seinem Inneren bereits akzeptiert.

Die Kräfte der Verführung
haben erneut die Bühne betreten!
Wirst du sie erkennen?

Schau zur Rechten, Deutschland!
Schau zur Linken, Deutscher!
Schau genau, eh' du den Gauklern folgst,
    die dir zuerst die Rettung versprechen
    und später die Rechnung präsentieren.
Präg' ein dir die Parolen
    von Größe und Volkstum der Einen,
trainiere dein Wissen
    über die alleingültige Denkart der Anderen.

Hör' durch ihre Worte hindurch!
Sieh' ihre verzerrten Gesichter!
Blick ihnen ins Herz!

Nichts ist absolut. Niemand ist unfehlbar.
Die Politiker nicht! Du nicht! Wir alle nicht!
Doch sie alle und unsere Demokratie verdienen
Achtung und Schutz.
Deshalb frag' sie, die sich tarnenden Verführer:
,Wisst ihr eigentlich, was Demokratie ist?
Wisst ihr eigentlich, was Diktatur ist?
Habt ihr je in einer Diktatur leben müssen?
Wenn nicht, seid froh!
Umso mehr: Lernt, ihr Deutschen,
was Freiheit ist
und wie rasch sie verloren gehen kann!'

Mach' ernst, Deutscher!
Streite für die Freiheit mit deinem Wort und deiner
Stimme!

Vergiss nie, was einst war!
Sei dankbar für das, was ist!
Erkenne, was kommen wird,

w e n n   *d u*   e s   z u l ä s s t !

# Mein Kind

Du kamst zur Welt.
Den Schmerz ich fühlte,
der mir verstellt
hat die gestillte
Sehnsucht.

Du warst in mir
und lagst an meiner Brust.
Die Stirne hab' ich dir
geküsst in sanfter Lust.
Beglückung.

Im Haus des Herrn
wardst du erhoben
zum Gotteskind –
der Wink von oben!
Begnadung.

Zur Schule hab' ich dich begleitet –
Beginn des Lebens Ernst.
Doch als dein Blick sich weitet,
du dich von mir entfernst.
Reifung.

Du wolltest Grenzen sprengen:
„Die ganze Welt ist mein!"
Erdrückt von diesen Zwängen
holt dich dein Ende ein.
Verhängnis.

Es steht an deiner Bahre,
die dich dereinst gebar.
Ich streichle deine Haare,
und schmerzlich wird mir klar:
Abschied.

# Klugheit

Im Halbschlaf in der Nacht
hab' ich für mich gedacht:
Ich weiß was!
Am Morgen denk' ich nach:
Vergessen hundertfach!
Ich weiß das!

So ging es mir schon oft.
Im Traum hab' ich erhofft:
Gescheitheit.
Die Wirklichkeit ist rauer.
Sie weiß es viel genauer:
Nur Arbeit!

Such' Klugheit nicht im Traum.
Halt allen Schein im Zaum.
Üb' das!
Geh' mit Verstand zur Sache.
Mit Argusaugen wache!
Tu' das!

# Dein Blick und deine Stimme

Mein Aug' die Welt durchblickt
aussondernd alles Fade.
Und wie bei der Blockade
wird wesenlos erstickt,
was nicht gefällt.

Mein Auge sucht das Schöne,
das Bildnis ohne Makel,
das reizende Spektakel,
dem ich abgöttisch fröne
fast ohne Zucht.

Ein Mädchen mir sich nahte.
Ich schaute höchst gelangweilt
und hatte schon geurteilt:
‚Nichts als das Obligate
begegnet dir.'

Doch was geschieht?

Du blickst mich an. Du sprichst mit mir.
Dein Blick und deine Stimme gepaart,
verzaubern mich wie einst Zephyr.
Dein Aug', so freudestrahlend,
ich kann mich nicht entzieh'n.
Dein Wort klingt wie ein Singen,
Sirenen fast entlieh'n.
Ich fass' es nicht!

Und wie auf Geisterschwingen
durchdringt mich neues Seh'n:
Verzeih, mein Lieb, dem Stolzen,
auf einmal bist du schön!

Gedünnte

# Das Häslein

Es war einmal ein Häslein,
das hoppelt über Gräslein.
Dort gab es viele Wurzeln.
Drum muss es häufig purzeln.

Es lief zu ander'n Hasen
und kitzelt ihre Nasen,
nicht nur die Nasen, sondern auch
die Pfoten und den Pummelbauch.

Dann lief es zu dem Wolf
und sprach: „Wir spielen Golf!"
Der hatte keinen Schläger
und spielte lieber Reger.

# Der Urlaub

---

Im Mai war ich in Plön.
Die Stadt fand ich sehr schön.
Das Städtchen liegt am Plöner See.
Den fand ich ebenfalls o.k.

Vom Himmel lacht die liebe Sonne,
schafft Lebenslust und Badewonne.
Die Sonne sank. Das Weib erotisch.
Mein Takt entfleucht. Es wird chaotisch.

Die Lebenslust uns niederrang
in Plön auf eine Rasenbank.
Die Schöne liegt an meiner Seite.
Der Mond bescheint die Körperweite.

Die Sinnlichkeit steigt in die Höhe.
Ein Tattergreis liegt in der Nähe
im Gras und schaut in Seelenruh'
uns bei dem Liebeseifer zu.

Ich ruf ihn an: „Du Pflanzenfresser,
komm näher ran, da siehst du besser!"
Ertappt fühlt sich der brave Mann.
Auch mein Gefühl wird sehr profan.

Und wie ich dasteh', sag ich leise:
„Nach Plön war doch `ne schöne Reise!"
Indessen hebt der Gentleman
mit letzter Kraft den Körper an,

wie's halt so ist am Lebensabend.
Noch immer sich am Schauen labend,
setzt seine Brille er zurecht,
dass er noch besser sehen möcht.

Ach, hätt' ich alter Nimmersatt
– denk ich – ein schicklich' Feigenblatt!
Drei Schritte hätt' ich nur zu laufen.
Dort liegt die Kleidung auf dem Haufen.

Die ihre lag zuvörderst dort.
Die meine drauf am selben Ort.
Verlegen sucht grad meine Muse
in diesem Stapel nach der Bluse.

Da keift der blöde Plöner:
„Haut ab! Das ist noch schöner!
Das ist doch nicht die Möglichkeit!
Kein Schamgefühl in unsrer Zeit!"

Dreht stolz sich ab und fühlt sich leidlich.
Der Schmerz im Kreuz ist unvermeidlich.
Ich schau ihm nach: Er hält sich hint',
die Stelle, wo der A…. beginnt.

Ein bisschen tut er mir jetzt leid:
Er hat – denk ich – erreicht die Zeit,
wo zwar das Wollen tut gelingen,
doch liegt der Mangel im Vollbringen.

# Mahnung

Die Altersschwäche tarne nie
als Zeugnis edler Theorie
von Tugend, Anstand, guter Sitte
für jeden deiner Lebensschritte.

Kommst Du auch selbst nicht zur Entfaltung,
üb' Dich in Nachsicht, trag's mit Haltung.
Denn lächerlich ist der Voyeur,
kommt er als Moralist daher.

# Sinnlich bin ich

Ich liebe die Sonne.
Ich liebe die Wellen.
Ich liebe der Frauen
verlockende Stellen.

Ich liebe die Blumen.
Ich liebe die Hecken.
Ich liebe der Frauen
schwingende Becken.

Ich liebe das Essen.
Ich liebe die Weine.
Ich liebe die Frauen
und ihre Beine.

Ich liebe die Klänge.
Ich liebe die Musen.
Ich liebe der Frauen
wogende Busen.

Ich liebe die Lieder,
ich liebe das Leben
und eben die Frauen!
Ihr mögt mir vergeben.

# Unerhört

Ich sah Dich an.
    Du blickst ins Leere.

Ich rief Dir zu.
    Du sagst: Ich störe.

Ich lief Dir nach.
    Du trittst zur Seite.

Mein Herz wird schwer
    ob dieser Pleite.

# Die Selbstüberschätzer

Ein Dichter meint,
er müsse dichten.
Ein Richter denkt,
er müsse richten.

Doch, wenn man´s richtig tut bedenken,
sollten sich ‚Müsser‘ die Arbeit schenken.

# Der Zebrastreifenüberquerer

Du kommst als braver Steuermann
vor einem Zebrastreifen an.
Du blickst gebannt auf dieses Zeichen,
um jedem Unglück auszuweichen.

Mit Umsicht du das Auto lenkst,
schaust hin genau, dieweil du denkst:
‚Der Herr dort links beeilt sich sehre,
dass er die Fahrbahn überquere.

Nimm Rücksicht auf den guten Mann.
Er hat es eilig, halte an'.
Du fühlst dich gut, hast das Empfinden,
dich ihm rein menschlich zu verbinden.

Ein Blickkontakt wär' jetzt noch schön,
der rundet ab, was hier gescheh'n:
ein Mix aus Pflicht und Menschlichkeit
im Stadtverkehr zur Mittagszeit.

Doch jener scheint mich nicht zu seh'n.
Bleibt gleichsam auf der Fahrbahn steh'n.
Stolziert gemächlich wie ein Pfau.
Bemerkt die Beine einer Frau,

die grad an ihm vorübergeht.
Er blickt ihr nach wie angenäht.
Dreht gar noch eine Pirouette,
entzündet eine Zigarette.

Das erste Streichholz tut es nicht.
Das zweite in der Mitte bricht.
Mit Numro drei gelingt die Handlung.
In mir vollzieht sich eine Wandlung:

Jetzt ist's vorbei mit Menschenliebe!
Jetzt wünsch' ich ihm nur Peitschenhiebe.
Ich hupe kräftig. Er erschrickt.
Und wütend er herüberblickt.

Er ruft mir zu: „Du Idiot,
Du fährst mich wohl am liebsten tot.
Das ist ein Übergang zu Fuß,
vor dem ein Auto warten muss!"

Dann zeigt er den berühmten Finger
und fühlt sich ganz als mein Bezwinger.
Und mit dem Marschtritt eines Kriegers
protzt er davon – ein Bild des Siegers.

# Sie hat's, oder sie hat's nicht

### Teil I

Liz Grünwald – längst in hohen Jahren –
kann ihren Charme geschickt bewahren.
Diskret umsorgt sie die Figur
mit Elixieren der Natur.

Sie pflegt dezent ihr Angesicht
vom Ohr bis hin zum Augenlicht,
der Lippen Farbe zart verstärkt,
für flücht'ge Blicke unbemerkt.

Ihr Haar – fein abgestimmt getönt –
wird täglich leicht gelockt geföhnt.
Ein edler Duft sie sanft umweht,
wenn sie an Schmidt vorübergeht.

Herr Schmidt bemerkt dies mit Vergnügen,
lässt seine Arbeit steh'n und liegen
und folgt ihr – vorerst unauffällig.
Doch dann im Park wird man gesellig.

Ein Hochgefühl durchströmt sie beide
vom Kopf bis in die Eingeweide.
Man kommt sich näher, tauscht die Daten.
Das Weitere wird nicht verraten.

# Teil  II

Liz Graumann sah das ebenfalls
und sprach zu sich: „Mein Schwanenhals
ist zehnmal schöner als der ihre,
weil er geschmückt wird durch Saphire.

Und meine Haare färb ich lila,
da seh ich aus wie die Dalila.
Die Lippen lass ich sinnlich spritzen,
die Krähenfüße laserblitzen.

Dann nehm' ich das Parfüm der Rose.
Das wirkt wie eine Vollnarkose
auf Männer, die in mich verknallt,
in mich, verjüngte Lichtgestalt!"

Herr Schmidt bemerkt's mit Missbehagen,
wagt kaum, die Augen aufzuschlagen.
Dies Kunstwerk kommt ihm gräulich vor
trotz vieler Farben und Dekor.

Geschwinde wendet er den Blick
und kehrt zu seinem Werk zurück.
Und konstatiert nach diesem Test,
dass Anmut sich nicht machen lässt.

# Das iff- und und-Gedicht

Nehmen wir mal an:

Der Fiffi sei ein Hund,
der kifft zu jeder Stund,
er wiege hundert Pfund,
sei drob nicht ganz gesund.

Er laufe auf ein Schiff,
das schiffte um ein Riff.
Das Schiff durchquert den Sund,
macht „piff" und sitzt auf Grund.

Da ging's dem Fiffi dreckig,
sah alles zack- und eckig,
dann wieder kugelrund,
dass er nur taumeln kunnt.

Der Herr den Fiffi pfiff.
Der kiffte fort und kliff.
Da nahm der Herr den Hund,
griff tief in seinen Schlund.

Es kliff der fette Fiffi,
erbrach den üblen Kiffi.
Und ab derselben Stund
ward wieder er gesund.

# Die nächtliche Bootsfahrt

Herr Schmidt rät seinem Sohn
- im Ton wie ein Baron -,
'ne andre Freundin sich zu nehmen,
sonst solle er sich ewig schämen.

Sie passe nicht zu ihm,
sei dumm und nicht sublim.
Denn darauf müsse er verweisen:
„Das Gör entspricht nicht unser'n Kreisen."

Was soll Schmidt junior itzo tun?
Recht eigentlich ist er immun
für diese Weise der Belehrung,
die ohne Aussicht auf Bekehrung.

„Verehrter Vater", sagt er schlicht,
„ich liebe sie. Drum folg' ich nicht!"
„Mein lieber Sohn!", spricht drauf der Alte.
„Dann sperr' ich dir die Aufenthalte

im Ferienhaus am Tegernsee.
Zugleich ist auch das Boot passé,
dazu die Lust am Lagerfeuer
für dich und deine Abenteuer."

Doch siehe da! Was macht der Bengel?
Fährt gradewegs zu seinem Engel
und spricht zu ihm: „Mach dich bereit
für eine Segeltour zu zweit."

Sie packen ein und starten schnell
per PKW – ein Sportmodell –
zum Ort der unbedachten Tat,
der ganz besond're Tücken hat.

Sie kommen an. Da liegt das Boot!
Die Segel auf! Dem Abendrot
fahr'n sie mit Übermut entgegen.
Die Wellen tun sich leicht bewegen.

Als Proviant zum Wohlbefinden
ließ eine Flasche er verschwinden
aus Vaters Alkohol-Depot,
ein hochprozentiger Pernod!

Der Sturm nimmt zu. Die Flut steigt höher.
Die Konfusion rückt immer näher.
Die Segelführung fällt ihm schwer.
Er findet keine Gegenwehr.

Die Wellen brechen über Bord.
Das Boot nimmt Wasser immerfort.
Der Twen gibt auf, beschwört ein Wunder.
Der Mond geht auf. Das Boot geht unter.


Mir fällt als Lehre dazu ein:
Man soll nicht immer Sieger sein!

# Der Sozialist in der Demokratie

Es spricht so hehr der Sozialist,
weil er ein edler Denker ist:
„Es müssen alle Reichen
von dieser Erde weichen!
Als Parasiten der Nation,
bestimmen sie die Produktion
und beuten aus die Armen.
Es ist zum Gotterbarmen.
Ich will das Volk befreien
von diesen Gaunereien!
Geknechtete! Vereinigt euch!
Ich schaffe ein gerechtes Reich!"

Er redet lang. Er redet breit,
verspricht das Blau vom Himmel.
Zu dumm! Es kommt doch nicht so weit.
Denn wer will schwarze Schimmel?

Als er das merkt, weil er nicht dumm,
verlässt er stracks sein Publikum,
vergisst den Kampf für die Millionen,
schleicht ein sich in Institutionen.

Hier tritt er auf als linker Kämpfer.
Doch kriegt er bald die ersten Dämpfer.
Die Praxis stört den Kinderglauben.
Die Fakten ihn des Traums berauben.

Indes er klettert weiter
auf der Karriereleiter
und hat sich selbst ganz ungeniert
im Aufsichtsrate fest platziert.

Das nun gefällt ihm kolossal,
vermehrt das Kleingeld dezimal,
fährt nur noch edelste Karossen,
grüßt arrogant die Altgenossen.

Vergessen ist das hehre Ziel.
Bedeutet hat's ihm eh' nicht viel.
Er tritt nun auf, wie man ihn kennt:
als Mitglied des Establishment.

Gib's zu, du edler Sozialist,
du bist doch gern Kapitalist!

# Lebensabschnitte

Mit 20 haben wir Träume.
Mit 30 pflanzen wir Bäume.
Mit 40 schütteln uns Krisen.
Drum heißt es ab 50:
Genießen!

# Man wird älter

„Wann ist man alt?", fragt sich der Weise
nicht erst vor seiner letzten Reise.
Er fragt sich früh, denn er will Klarheit.
Nichts ist ihm lieber als die Wahrheit.
Er denkt nach hier, er denkt nach dort,
philosophiert, prüft Gottes Wort.
Und endlich reift es in ihm leise:
Das Alter zeigt sich scheibchenweise.

Bis Vierzig fühlt man sich recht wohl,
raucht Pfeife und trinkt Alkohol.
Doch ab der folgenden Dekade
– erkennt man – bröckelt die Fassade:
Es zwickt das Knie. Das Haar wird grauer.
Die Magensäfte sind zu sauer.
Die Sicht wird kurz. Ein Augenglas
wird nötiger als irgendwas.

Die Falten werden immer tiefer.
recht müde fällt der Unterkiefer
auf die vor Zeiten breite Brust,
die man einst stolz und selbstbewusst
den Damen – die mit süßen Düften
und verlockend locker'n Hüften
auch ihrerseits nicht abgeneigt –
recht siegessicher vorgezeigt.

Der Zahnersatz hält nicht am Gaumen.
Die Finger zittern und der Daumen.
Das Smartphone lässt du dir erklären.
Die Enkel müssen dich belehren.
Und schließlich merkst du, ach o weh:
Was einst ich trieb, das ist passé.
Hinüber ist der schönste Spaß.
Du fragst dich stumm: Da war doch was?

Nimm's leicht, mein Freund, denn eins ist wahr:
Was du erlebst, war immerdar:
Das Altern, Mann, ist unausweichlich,
und Weggenossen gibt es reichlich.
Du kannst nicht fliehen, kannst nicht laufen.
Denn niemand kann sich Jugend kaufen.
Sei nicht verzagt, wenn dir was fehlt.
'S ist allgemein, was dich so quält.

## Erkenntnis

Das Alter kommt – wie ich vermute –
durch Wegfall junger Attribute.

# Was denn nun?

„Das Leben ist sehr traurig
und endet mit dem Tod!"
So spricht der Typ aus Aurich,
auch der aus Leon-Rot.

„Was soll der ganze Zauber?
Was soll die Plackerei?
Ich leg' mich hin und penne
und pell' mir drauf ein Ei."

Er lebt dahin. Er lebt daher,
frönt seiner Lässigkeit.
Er fühlt die Pflicht als störend sehr.
Motiv: Allwissenheit!

Der Typ kam in die Jahre
und schaut sich um im Kreis.
Ihm sträuben sich die Haare:
Der Typ nichts hat, nichts weiß.


Moral

Das Nichts ist häufig das Ergebnis
des Fehlens emsiger Erstrebnis.

Zeitfracht Medien GmbH
Ferdinand-Jühlke-Straße 7
99095 Erfurt, Deutschland
produktsicherheit@kolibri360.de